LA DROLE DE VIE

D'ANDRE RIGAL

Gilbert Trichet

Toute ressemblance avec des personnes actuelles ou ayant existé serait carrément fortuite.

Ma vie est un roman, et dans les romans tout n'est pas rose.

Michel Platini

Si vous pensez que l'aventure est dangereuse, je vous propose d'essayer la routine, elle est mortelle.

Paulo Coelho

Du même auteur sur Amazon livres :

L'ILLUSION D'UN REVE (Roman)

CONFIDENCES ET CONFESSIONS D'UNE FEMME (Roman)

MON MOIS DE MAI 68 (Roman)

« Mon mois de mai 68 » a été traduit en Anglais par Elizabeth Workman sous le titre : MY STORY OF MAY 68.

CRIME SANS CHATIMENT (Roman)

PRISONNIER (Roman)

LES ETRANGES CRIMES DU PLATEAU DE LA VIADENE (Roman)

LA DROLE DE VIE D'ANDRE RIGAL, DIT « DEDE » (Roman)

LA VIE CACHEE DE « Dédé » (Roman)

L'APPRENTISSAGE DE STEVE (Roman)

L'ALLEMAND QUI AURAIT VOULU ETRE FRANÇAIS (Roman)

UNE HISTOIRE D'AMOUR ET D'AMITIE. SOUVENIRS D'ALGERIE. (Roman)

COMMENT RESTER EN BONNE SANTE (Précis de médecine préventive)

Retrouvez les chansons et poèmes de l'auteur sur les plateformes musicales : YOUTUBE, Amazon music, Apple music, SPOTIFY, Deezer etc.

Je remercie particulièrement mon ami, André Rigal, dit Dédé, qui est, en fait, le véritable narrateur de ce roman. Le scribe, moi-même, Gilbert Trichet, qui se prétend l'auteur, n'a fait que rapporter l'exact récit détaillé de « Dédé » dans sa saveur, ses expressions, son argot souvent jubilatoire, sa gouaille.... Il n'y manque que l'accent « parigot » des Halles...

Paix à ton âme, mon cher Dédé... Que les anges du ciel veillent sur toi !

PROLOGUE

J'étais neuropsychiatre à l'hôpital de la Salpêtrière à Paris. Peu avant l'anniversaire de mes soixante-dix ans, le directeur me pria de passer le voir. Je me doutais bien du motif de cette convocation. Je m'y trainais sans enthousiasme…

- Parlons franchement ! me dit-il. Vous aurez soixante-dix ans le…

Il ouvrit le dossier posé sur son bureau. Je pris le parti de l'aider.

- Le quinze juin ! Répondis-je.

- Le même jour que Johnny ? fit-il en souriant…

- En effet : Je mesure l'étendue de votre culture, monsieur le directeur !

Un bon rire partagé détendit l'atmosphère. Sans délai, comme un homme qui a d'autres chats à fouetter, il reprit en fronçant les sourcils.

- Oui, c'est ça, le quinze juin 1943 ! Vous connaissez le règlement ! Le premier juillet vous êtes en retraite !

Je le savais… Cette perspective me laissait perplexe. Au fond de moi, j'espérai un peu que l'administration m'oublierait… Je ne me sentais pas vieux et mon rôle à l'hôpital ainsi que mon poste de professeur (en neuropsychiatrie) à la faculté de médecine, me passionnaient…

Bon ! On me mettait sur le carreau comme un vieux rebut ! C'était la loi. De jeunes loups attendaient ma place. D'ailleurs mon remplaçant avait déjà été nommé. En guise de consolation, je pourrais venir à l'hôpital suivre la visite et participer aux colloques. Je craignais cette situation… Le vide était devant moi… avec la liberté de l'organiser comme je l'entendais.

Ma femme, celle que j'avais épousée en secondes noces, avait quarante ans. Elle était assistante en neurochirurgie. Elle commençait à bien posséder son métier. Quand je lui parlais de partir dans notre propriété au bord de la grande bleue, dans le Var, elle me dit que c'était une très bonne idée, qu'elle viendrait me voir de temps en temps quand son emploi du temps, ses gardes, lui en laisseraient le loisir…

Bref, je me retrouvais seul dans notre propriété du Var… Elle avait tous les avantages. Elle était vaste, avec de grandes baies vitrées surplombant la mer. Le terrain arboré d'oliviers centenaires, descendait en une pente aménagée en restanques, assez abruptes parmi les roches rouges. Une piscine par regorgement faisait suite à une grande terrasse en exposition Sud ! Un petit paradis !

Je me prélassais sur ma terrasse en admirant les flots bleus de la mer et le ciel sans nuage. Des voiliers se promenaient au loin et les oiseaux chantaient dans les oliviers et le figuier quand on sonna. La porte était ouverte et alors que je commençais à m'extraire de mon rocking-chair, un homme âgé (c'est-à-dire un peu plus vieux que moi) se présenta :

- Je suis votre voisin juste au-dessus… Je m'appelle André Rigal…

- Bonjour ! Enchanté !

C'est vrai que j'étais enchanté de voir et de faire connaissance de ce voisin qui tout de suite me parut fort sympathique. J'avais quelqu'un à qui parler… A l'hôpital avec toutes ses tracasseries de tous bords, j'avais souvent rêvé de silence, de tranquillité et de solitude, mais maintenant que je les goûtais… ad vitam aeternam, j'étais un peu désemparé… comme si on m'avait jeté au milieu d'un désert ! Elle avait quelque chose de pesant, cette solitude…

D'emblée, j'ai trouvé ce type épatant et amical. Il était grand et fort. Son visage buriné mais régulier était surmonté d'une belle casquette grise d'homme du peuple ; il me souriait aimablement. Sa voix était forte, mâle et posée. Il avait un accent de titi parisien qui traînait sur les fins de phrase. Il l'exagérait par jeu comme s'il voulait montrer son pedigree et bien au-delà… que tout était léger et risible dans notre courte existence.

- Alors, ça y est ! Ils vous ont lâché…

- Oui ! Je suis à la « retraite » depuis une semaine…

- Bienvenue au club ! Vous verrez, c'est sympa… On ne s'ennuie jamais !

- Oh ! Je n'en doute pas !

Il regardait mon terrain d'un œil averti. Un silence de quelques instants flotta dans l'air. Que voulait-il me dire de si compliqué ?

Je compris soudain. Le fouillis de ronces et de broussailles qui avait envahi mon domaine inquiétait mon visiteur. Je savais que je devais chercher une entreprise pour l'entretenir car il était assez vaste…

Il s'exprima enfin :

- Dites ! Il semblerait… que vous n'êtes plus aux normes « anti-incendie » de la Préfecture du Var !

- Je sais et je dois m'en occuper incessamment…

Il ôta sa casquette pour se gratter le front, comme pour signer son intense préoccupation. Je pus entrevoir un court instant une calvitie impressionnante qui brilla sous le soleil, une terrible boule de billard de « bagnard » qu'il s'empressa de recouvrir. J'eus encore ce foutu réflexe professionnel de penser : « Quels secrets sont cachés à l'intérieur de cette boule à zéro ? Quels projets, quels espoirs ou quels remords inavoués pourraient être profondément dissimulés… comme des cadavres soigneusement enterrés dans le fond d'une cave ? Quels grands projets ont germé sous cette voûte crânienne ? Quels noirs desseins y ont cogité ? »

- Je peux vous le faire si vous voulez… continua-t-il.

- Pourquoi pas ? Mais… c'est un gros travail… Il faudra me dire ce que je vous dois !

- Non ! Je vous le fais en voisin, en ami. Je suis bien équipé : débrousailleuse, tronçonneuse etc. Pour moi, c'est un jeu d'enfant, une distraction.

- Je ne peux pas accepter s'il n'y a pas de contrepartie.

Mon interlocuteur s'assit sur le bord du transat disposé en face de moi.

- Dans ce cas, je vous demanderais quelque chose de particulier. Vous êtes professeur de médecine, m'a-t-on dit. Depuis quinze ans, je suis retiré des « affaires » et depuis quinze ans, je gamberge, je repense… pour dire vrai, je rumine… Le film de ma vie passe et repasse dans ma tête… Alors j'ai le sentiment que mon histoire présente un intérêt pour les générations futures… Son enseignement, peut-être aussi son romanesque devraient passer à la postérité… parce qu'elle est particulière… Je n'ai pas envie qu'elle soit oubliée ! Je vous la raconterai au fil des jours et, si vous voulez, vous la transcrirez le mieux possible…

D'emblée, je fus partant. L'itinéraire du bonhomme, le mystère de ce colosse que j'avais devant moi, son aspect solide et viril, m'intéressaient ! Le vide de mon emploi du temps se meublait et de plus, j'avais un ami dont le parcours se promettait d'être étrange et drôle. Par ce coup du destin, je devenais romancier… Cette idée me plaisait vraiment… Et puis… Ce qu'il me proposait-là était une sorte de psychothérapie avec en plus une dimension amicale et décontractée dans un but non thérapeutique… à moins que ce but ne soit déguisé en conversations amicales…

En tant que patron d'un grand service de neuropsychiatrie, je n'avais pas eu le loisir de pratiquer la psychanalyse. J'avais moi-même suivi une cure avec un confrère plus âgé à l'époque de mon divorce. Elle m'avait particulièrement aidé. J'étais par conséquent persuadé du bienfondé et des bienfaits de la psychanalyse… En tant que thérapeute, je n'avais pratiqué que quelques séances dans des cas bien particuliers - l'avouerais-je - de femmes girondes, bavardes et agréables… Ce qu'il me proposait, semblait être semblable : j'écoutais et en plus, je transcrivais. Mon but était de rendre service et - cerise sur le gâteau ! - j'avais le plaisir de partir à la découverte d'une personnalité qui me parut de prime abord comme solide, mais très particulière, avec certainement de grandes failles…

- Alors, comment fait-on ?

- C'est simple ! Le matin à la fraîche, je débroussaille votre terrain pendant une bonne heure, et le soir, si vous voulez nous prenons l'apéro ensemble, et je vous raconte ma vie, au gré de mes souvenirs, par petites tranches.

Cela me convenait fort bien.

- Que buvez-vous comme apéro ? Pour ma part, je ne bois jamais d'alcool et je n'ai aucune boisson alcoolisée à la maison…

- J'aime bien le whisky !

- Très bien ! J'irai m'approvisionner ! Une marque particulière ?

- Johnny Walker !

- Si vous voulez, bien qu'il soit important que vos souvenirs soient spontanés, j'aimerais que vous dérouliez votre récit de manière chronologique… Je le transcrirai à la première personne comme si c'était vous qui l'écriviez !

- J'aimerais qu'on se tutoie. Dans mon milieu tout le monde se tutoie tout de suite sans faire de chichis. Désormais nous sommes copains… Nous garderons nos différences : je suis un gars du quartier des Halles avec son franc-parler et sa gouaille ! Vous êtes le Professeur que je respecte avec son langage châtié et son accent des beaux quartiers. Je crois reconnaître celui du seizième… On est comme on est… avec nos origines, notre propre histoire et nos différences, dit-il en riant !

- Bien sûr, ce sera mieux… avec plaisir !

J'étais intéressé. Cette nouvelle amitié m'ouvrait d'autres horizons. J'en fus persuadé immédiatement…

- Ainsi, je n'aurais pas l'impression d'être un patient… Et puis, appelle-moi Dédé ! Tout le monde m'a toujours appelé Dédé !

- D'ailleurs, tu n'as pas l'air malade ou alors tu es déjà bien guéri. On boit l'apéro ensemble, en copains, je transcris ton histoire au jour le jour à la première personne … pour le plaisir et la postérité… en échange du débroussaillage de mon terrain… Je suis gagnant !

- Non ! C'est moi qui suis gagnant !

Dédé ajouta en baissant la voix :

- Il y aura des confidences que je te ferai, qui ne seront pas à rapporter. Bon, c'est sans importance ; ce ne sont que quelques galipettes ici ou là… Mais, je ne voudrais pas que ma femme en soit informée par le biais d'un récit si, par hasard, elle le découvrait. Je te signalerai les « épisodes » à ne pas rapporter… Tu sais comment sont les femmes en ce qui concerne la bagatelle ? Or, dans mes pérégrinations, mes différents métiers, j'ai eu trop d'occasions pour pouvoir rester à l'écart de la tentation… Je te dirai : « épisode censuré » quand mon élan dans la conversation, aura dévié sur des terrains inavouables, du moins aux yeux de ma femme. Du reste en dehors de cette épineuse question, quand tu la connaîtras, tu pourras apprécier comme moi toutes ses qualités : beauté, fidélité, générosité, « jugeotte » etc. J'en oublie certainement… Elle possède toutes les qualités, particulièrement celles que je n'ai pas… et elle m'a beaucoup aidé dans mon existence… Je crois bien qu'elle m'a tiré des plus grands embarras… Et m'a même sauvé la vie !

Il ôta encore une fois sa casquette, réfléchit, gratta sa calvitie et ajouta en baissant la voix :

- Plus tard, si tu as la chance de vivre plus longtemps que mon épouse, si tu en as le loisir, la volonté et l'envie… tu pourras reprendre les épisodes « censurés » de ma face cachée…

Ainsi, presque chaque soir, j'ai écouté le récit de Dédé. Le plus souvent, j'étais allongé sur un transat, face à la mer, les yeux fermés ou dans le vague. Dédé était assis sur un fauteuil en osier à côté de la table basse et de son verre de Johnny Walker dans lequel flottaient deux glaçons. Parfois, il se levait et arpentait la terrasse de long en large.

J'allais d'étonnement en étonnement.

Dès les premières gorgées de whisky, les raclements de gorge s'estompaient et les paroles coulaient régulières, anodines et superficielles au début. Puis les actes les plus répréhensibles, les crimes les plus affreux pouvaient être « confessés » sans la moindre honte et affluer pêle-mêle dans mon oreille attentive… J'approuvais le plus souvent d'un hochement de tête orné d'un sourire compatissant, lui montrant que je n'avais aucun jugement de valeur et que je recevais ses confidences dans la perspective de le soulager de ses remords, de ses angoisses et de sa dépression latente, conséquence des premiers, comme l'aurait fait un thérapeute patenté, paré de sa bienveillance…

Il repartait, soulagé, l'âme apaisée avec le désir toujours plus grand de se racheter, me semblait-il, par des actes de générosité et d'entre-aide que j'encourageais comme une sorte de dû à la société… voire de « pénitence ».

Je devins au fil des jours son plus grand confident et ami. J'avais l'impression que je remontais le ressort d'un pantin mécanique qui s'était affaissé sous le poids du passé et de ses fautes. Il arrivait souvent les épaules tombantes, comme accablé par la lourdeur de ses remords ; les traits du visage défaits et avachis montraient sa tristesse et ses doutes… Après une heure et demie de logorrhée intense, il repartait l'âme allégée comme s'il était regonflé à bloc, en déblatérant souvent les plaisanteries les plus hilarantes…

J'ai donc transcrit dans son jus, le plus fidèlement possible, en tenant compte de l'autocensure précisée au-dessus, le récit d'André Rigal, dit « Dédé » … Afin de l'ordonner et de le rendre plus compréhensible, je me suis contenté de le diviser en différentes périodes en rajoutant les têtes de chapitre….

Voici le récit de :

L'ETRANGE VIE D'ANDRE RIGAL

C'est Dédé qui parle !

MES DEBUTS

Tout a commencé lorsque je suis revenu de mon service militaire : Dix-huit mois sous les drapeaux. J'avais choisi les paras… Pour l'entrainement, pour le sport, pour sauter en parachute, pour maîtriser le maniement des armes à feu, bref une envie de changer, de bouger… une envie d'action, de vivre à cent à l'heure. Quand j'ai eu la quille à Montauban, je me suis dit : « tu montes à Paris ! » Fini la ferme, les vaches, les veaux…

Mes vieux avaient une petite ferme en Auvergne. Nous étions six enfants. Il fallait travailler pour les parents, s'engager comme vacher ou berger chez les hobereaux du pays et rapporter la paye à la mère… qui de toute façon avec un mari alcoolo, tirait le diable par la queue.

Je me suis dit : c'est fini ce jeu-là… Je ne suis même pas repassé par mon village ! De la caserne à Montauban, direction Paris via Toulouse. C'était l'habitude des jeunes gens du pays ! Ils allaient s'engager comme « garçon » dans les brasseries ou les restos de la capitale. En ce qui me concerne, je ne me voyais pas faire des risettes aux clients pour susciter leurs pourboires… Tourner du cul en slalomant à travers les tables, était au-dessus de mes forces ! J'avais besoin d'un emploi plus viril…

Quel ne fut pas mon émerveillement quand je sortis de la gare d'Austerlitz ! J'étais ébahi devant la largeur des avenues, devant ce fleuve majestueux, la Seine, qui traverse la capitale de part en part de son flot calme et régulier. Je le suivais d'un pas léger. J'avais l'impression que des divinités déroulaient devant moi un tapis rouge, tant j'étais heureux de découvrir les beautés qui s'offraient à mes yeux à chaque coin de rue… J'allais d'étonnement en étonnement ! Je découvris pour la première fois et d'un seul trait, sous mon pas qui devint cadencé tant ma soif était grande : l'Ile de la Cité, Notre-Dame, la Conciergerie, la mairie de Paris, le Louvre, etc.

Mais, sans attendre, je me suis pointé aux Halles, aux anciennes halles, celles du ventre de Paris… du cœur du Paris… de ceux qui se lèvent tôt avec leur cœur qui bat fort, avec enthousiasme dans des veines gonflées à bloc… pour accomplir la mission la plus noble, s'il en est : nourrir le pays et les parigots en premier… Alimenter le peuple des banlieues ensuite ! Un copain m'avait refilé le tuyau : « Tu verras, c'est sympa… Et toi, avec ta carrure d'athlète, ta haute taille, tes biceps d'haltérophile, tu es le fort des halles authentique ! Bleu de travail et casquette obligatoires pour faire encore plus vrai ! »

Il est certain que l'entraînement sportif et martial chez les paras avait fignolé mon profil athlétique. Je ne doutais de rien. J'avais l'enthousiasme de la jeunesse rivé au cœur. Pour la première fois, je me sentais libre ! Libéré de l'armée, libéré de la tutelle parentale, de leur morale désuète, me semblait-il… Toute la journée, j'ai arpenté les rues de la capitale avec l'envie de la conquérir, de goûter à tous les plaisirs qui paraissaient se mettre à la portée de ma main… Je possédais en moi cette capacité de m'émerveiller de la moindre petite chose : des cinémas et des théâtres, de leurs affiches alléchantes, des étalages de fruits et légumes, des séduisantes vitrines de costumes de luxe jusqu'aux parisiennes dont l'élégance m'étonnait et m'enthousiasmait. Cette envie de conquêtes décuplait mes forces et mon courage. J'aurais pu affronter les pires difficultés et gravir des montagnes…

Le lendemain de bonne heure, sans même avoir acheté le bleu de travail et la casquette réglementaires, je me suis pointé aux Halles avec le jean que je portais en arrivant. Le premier camion qui a surgi dans la brume matinale, vers cinq heures du mat' s'est arrêté et le chauffeur m'a crié :

- Allez, monte ! Deux biftons pour m'aider à décharger !

C'est ainsi que je suis devenu fort des halles. C'était pour moi la vie rêvée. On marnait comme des fous jusqu'à neuf heures et demie, dix heures… après c'était le casse-croûte avec les copains… Un ou deux demis pour arroser la charcutaille. Souvent les patrons maraîchers nous les offraient ! D'autant qu'à cette époque, la marchandise, s'écoulait bien. Les boss étaient contents. Des biftons débordaient de leurs poches. Tout en liquide et sans T.V.A !

L'après-midi, je me payais une petite sieste. C'était la crise du logement. Pas moyen de se trouver une piaule décente… En désespoir de cause, j'en avais accepté une derrière la place Clichy… C'était un trou à rats ! J'entrais dans une cour pavée par un large porche et juste à gauche, je descendais trois marches, poussais une sorte de porte de cave et là, j'étais chez moi… C'était une ancienne réserve de pinard ! L'odeur était restée. Il y faisait noir en permanence : idéal pour la sieste ! Seul un soupirail donnant sur la cour tamisait une lumière plus que blafarde… C'était en attendant ! J'y ai vécu une vie insouciante et heureuse… Après cette petite sieste, j'allais traîner dans les bars, Pigalle, Barbès, une séance de cinoche, souvent une pute pour terminer en fanfare une belle soirée… Des rencontres étonnantes, époustouflantes parfois, avec les dilettantes, les macs ou des oisifs, égayaient ma solitude. Je retournais dormir à la piaule de bonne heure pour être debout vers quatre heures du matin et descendre en petites foulées vers les Halles… La vie insouciante et rêvée ! Je t'assure que c'était le bon temps ! Pour la première, j'avais l'impression d'avoir choisi ma vie et de vivre libre !

Tout s'est rapidement compliqué ! Un matin, j'étais seul au bar. Je dégustais mon casse-croûte ! Il n'y a rien de meilleur quand votre ventre crie famine, quand tu as déchargé un camion rempli jusqu'à la gueule de poireaux ! Mon regard s'attardait sur une pute qui faisait le trottoir en face « du rendez-vous des Auvergnats ». C'était le nom de mon café préféré ; j'y étais comme chez moi. Certes, elle était bien carrossée, la pimbêche… marrante même. Plutôt mémère… Pas mal d'heures de vol à en juger par le tour de taille, le tour de hanche et de poitrine. Blonde et montée sur des talons aiguilles… pas du tout mon genre… Mais, est-ce que j'avais un genre ? Certes non ! J'y allais à l'impulsion… Allez hop ! Toi, tu feras l'affaire ! C'était juste pour se vider les burnes !

Bon, tout en me remplissant la panse avec délectation, je me laissais bercer par son dandinement accrocheur. Je commençais à me dire : Tiens ! Quand tu en auras l'idée… pourquoi pas elle ? Après tout ?

Elle a dû s'apercevoir que je ne la quittais pas des yeux… Elle est entrée, s'est hissée dans des tortillements comiques de popotin sur le tabouret juste à côté de moi et m'a dit :

- Bonjour mon garçon ! Tu me paieras bien un café ?

Je ne m'y attendais pas. Sur le coup, j'ai été un peu impressionné. Et bien que j'appréciasse son ton amical, j'ai bafouillé :

- Avec plaisir, Madame…

Elle était pliée en deux…

- Comme tu y vas ! m'a-t-elle dit. Madame ! Madame ! Il y a longtemps qu'on m'a appelé Madame. Appelle-moi Hortense, c'est mon p'tit nom… Et toi ? A qui ai-je l'honneur…

Elle se marrait toujours. J'ai été tout de suite, en confiance…

- Dédé ! Ai-je répondu.

- Je te vois depuis un moment dans l'quartier ! T'es fort des Halles. Et c'est vrai ! Laisse-moi te dire : T'es bien bâti. Laisse-moi tâter tes biscotos !

Avec ses deux mains, elle m'a palpé les biceps. Flatté, je les ai contractés pour les rendre encore plus durs !

- C'est du solide, du costaud, a-t-elle commenté. Mes deux mains n'arrivent pas à les entourer sans laisser d'espace !

Je la regardais. Elle m'était devenue sympathique… Pas trop moche, me disais-je. Faut dire qu'elle faisait des efforts vestimentaires et de maquillage. Finalement, elle me plaisait, cette pute !

Nous avons sympathisé. Elle voulait connaitre mon histoire. Je lui répétais qu'il n'y avait rien d'intéressant : enfance en Auvergne, certificat d'étude décroché difficilement parce que « le père » voulait toujours qu'on travaille à la ferme. Cinq frères et sœurs. Père alcoolo, précisais-je ! La pauvreté quoi, la pire de toute, celle de la tête ! Le service dans les paras et me voilà comme sorti de l'œuf, libéré des obligations militaires et familiales…

Elle réfléchissait. Ses pensées devaient bouillonner dans sa cocotte-minute. Son regard brillait quand elle me zieutait des pieds à la tête. Elle paraissait m'évaluer... Ma force, ça ! Elle en était sûre ! Etais-je brave et honnête ? Pouvait-on compter sur moi dans les situations les plus difficiles ? Soudain, sa résolution fut prise… Je lui plaisais tellement qu'elle a dit :

- Viens ! Je t'emmène chez moi !

J'ai eu un moment imperceptible de recul… Elle a insisté :

- Viens, j'ai envie de te parler ! N'aie pas peur, je ne te mangerai pas !

Il devait y avoir de l'interrogation dans mon regard parce qu'elle a ajouté :

- Tu ne risques rien… Je ne vais pas te violer !

Je l'ai suivie, curieux et méfiant à la fois. On a pris le boulevard. Elle était bavarde et d'un commerce agréable. Son trottinement me mettait du baume au cœur. Elle est entrée dans un immeuble cossu et je suis monté derrière elle… En matant son large popotin… comme un mauvais garçon, mais c'était juste pour rire… jusqu'au premier étage. Elle le savait car elle le tortillait à dessein pour me faire plaisir, en rigolant…

T'aurais vu l'appart ! Ouah ! Vaste, bien ensoleillé avec deux piaules… Des meubles que je croyais… de « style, » comme je n'en avais jamais vu, des tableaux et des gravures accrochés aux murs ! De luxueux doubles rideaux aux fenêtres qui filtraient les bruits du boulevard ! Un appartement bourgeois comme je n'avais jamais osé imaginer même dans un rêve ! Le rustre qui débarquait de sa campagne, était ébahi !

Elle m'a invité à m'asseoir dans un grand fauteuil en cuir genre Chesterfield tandis qu'elle préparait du café… J'étais bouche bée… Mais je me disais : « Il doit y avoir une embrouille là-dessous ! Ce n'est pas le genre à se faire un gigolo juste pour le plaisir ! »

Elle est revenue avec un plateau et deux tasses en porcelaine de Sèvre… Elle l'a posé sur la petite table, a servi le café avec un petit doigt en l'air… Elle m'a regardé et a déclaré :

- Regarde tout ça… Si tu veux… c'est à toi !

J'ai rigolé… Je croyais qu'elle me faisait une farce !

- Tu n'en as pas une autre ! Plus marrante encore…

- Bon ! Je t'explique… Je vois que tu ne comprends pas ! J'avais un Jules. Il est mort alcoolo à La Salpêtrière la semaine dernière… Une cirrhose… Normal ! Il passait ses journées à boire ! Bon ! Me voilà « veuve » ! Dans mon métier, c'est embêtant… parce que je ne vais pas le rester longtemps… « Ils » vont me mettre le grappin dessus…

Je la regardai avec des yeux tellement étonnés qu'elle continua sur le même ton…

- Toi, tu ne piges rien ! Alors, démonstration par a plus b : « Ils », c'est le milieu… des méchants qui vous tabassent si vous ne rapportez pas assez ! Et je n'ai pas du tout envie de marner les vingt passes par jour… Avec mon vieux, je faisais ce que je voulais… Un jour bien… Un jour moche… Tu vois ! Si je tombe dans « leurs griffes », ce sera l'esclavage… Fini l'indépendance, le luxe ! Alors ! T'as compris ?

- Vraiment ! J'ai du mal !

- T'es le gars qu'il me faut pour me faire respecter ! Grand, balèze, musclé, ancien para, pouvant manier les armes… T'as d'la gueule… Tu peux impressionner si tu fais le méchant !

- Comme tu y vas ! Tu veux faire de moi un maquereau ?

- Mais non ! Tout de suite les grands mots ! Juste mon Jules !

- Tu rigoles ? Et j'irai en taule pour proxénétisme ? Non, c'est non… Je veux bien être un client, à la rigueur… mais pas ton Jules ! C'est trop dangereux ! Tu me vois maquereau ? Tu veux rire ! Je suis un honnête fort des Halles… J'aime mon métier, l'effort, le travail physique ! Moi ! Maquereau ! A d'autres !

- Vois plutôt tous les avantages… Regarde le bon côté… Tu m'as bien dit que tu habitais un « trou à rats ? »

- Oui ! Mais c'est en attendant de trouver autre chose !

- Tu abandonnes ton trou à rats pour venir habiter chez moi… T'as vu… y'a deux piaules… T'es pas obligé de coucher avec moi… Je te donne cinquante pour cent de mes gains… Tu peux laisser ton boulot…

- J'aime bien mon boulot… Il y a une bonne camaraderie entre nous. On rigole bien… Et la solidarité… Tu sais ce que c'est ? Les copains qui viennent t'aider quand t'as pas fini, sans rien demander… seulement par amitié !

- Tu pourras continuer, bien au contraire… C'est un alibi formidable pour la « mondaine. » Tu finis à l'heure où je commence. Tu n'auras qu'à surveiller qu'on ne m'embête pas, assis dans ton café, en discutant avec tes copains… et si c'est le cas, je te fais signe, tu interviens en roulant les mécaniques et en faisant ta grosse voix. C'est suffisant pour éloigner un importun !

- Non ! Vraiment ! Je suis un honnête garçon… Il n'y a pas si longtemps j'étais enfant de chœur dans mon pays !

- Ne ris pas ! Je te propose du sérieux ! Ecoute, tu vas réfléchir ! Tu es surpris et tu ne t'attendais pas à ça !

- C'est certain !

Elle m'a invité au resto ! Une brasserie du boulevard très connue : « Le grand café ! » C'était pour le péquenot que j'étais, le grand luxe. J'allais d'étonnement en étonnement ! Après le dessert, séductrice et joueuse, elle m'a déclaré :

- Une petite sieste dans ta piaule s'impose !

Je n'étais pas contre. Elle m'avait saoulé au champagne et je n'avais qu'une idée : Dormir ! J'étais prêt à m'y rendre à pinces, comme d'habitude… Elle a hélé un taxi, prétextant qu'avec ses talons, elle avait mal aux pieds… Quand elle a vu mon « trou à rats, » elle s'est esclaffée :

- Tu ne peux pas rester là-dedans ! C'est indigne de toi… Je n'aurais jamais pensé que c'était à ce point ! Est-ce qu'un honnête garçon peut loger dans un tel bouge ?

On est entrés et je me suis écroulé sur le lit. Elle m'a laissé dormir une heure et quand je me suis réveillé, elle était à poil tout contre moi… Bon, j'avoue… je me suis laissé aller… j'ai profité de ses charmes ! Il y avait des rondeurs à foison et j'aimais ça ! Elle m'a éclaté en me montrant tout son savoir-faire ! Les cinquante positions… J'exagère à peine ! – j'espère ne pas affoler mon scribe qui m'écoute bouche bée ! - A l'issue de cette première séance, je confesse que j'étais plutôt séduit ! Mais, quelque chose me disait - c'est ce qu'on appelle la conscience - je crois : « Dans quelle merde, tu vas te foutre ! » Elle avait gagné cependant ; j'étais pris dans la nasse… Je savais que je ne pourrais plus résister… Pour le plaisir, j'ai quand-même dit :

- C'est une affaire importante que tu me proposes là, j'ai besoin de réfléchir ! Donne-moi une semaine !

- Quel con, ce mec ! Monsieur se fait désirer ! Il laisserait passer une affaire en or comme la mienne, a-t-elle répondu !

- Il y a plus de six mois que je ne suis pas allé chez mes vieux à Mels. J'irai les saluer et pendant ce temps-là, ton idée fera son chemin…

On se rhabilla et on sortit à l'air libre. Je jubilais… J'essayais de ne pas le montrer… Peut-être l'envie de faire monter les enchères ! Il y avait, rue Cavalotti, non loin du

Gaumont Palace, un immense garage Citroën, sur quatre étages. Elle dit :

- Tiens ! Tu crois qu'ils vendent des voitures d'occasion ?

J'approuvai… J'avais déjà visité, pour le rêve, le hall d'exposition… Elle m'entraîna par la main et nous nous retrouvâmes dans une immense salle où une dizaine de voitures étaient exposée à la vente. Nous faisons le tour et je m'arrête devant une rutilante traction quinze aux chromes étincelants. Je m'assois au volant… Je rêve déjà d'en posséder une comme ça… plus tard…

- Elle te plait ?

- Superbe ! Quinze canassons sous le capot ! Le genre de caisse qui doit carburer à fond !

- Je peux te l'offrir si tu veux…

- T'as vu le prix ? C'est énorme…

Elle examinait l'étiquette…

- Non, c'est dans mes possibilités… J'ai sauvé quelques billes des beuveries et autres fantaisies de mon ex… Si tu acceptes mon marché, je te la paye…

- Bon, là, tu mets le paquet… Tu me laisses quand même réfléchir une semaine... Et, je te dis oui ! Malgré tout, ce que tu me proposes est un engagement difficile à prendre… N'oublie pas qu'il y a seulement une dizaine d'années, j'étais enfant de chœur dans la paroisse de mon village…

- Allez, ça marche ! Va voir tes vieux… Mais si tu rapportes mes propositions à ta mère, ça m'étonnerait qu'elle te donne sa bénédiction…

- T'inquiète que je ne lui en parlerai pas !

RETOUR AUX SOURCES.

Elle avait tenu à m'accompagner jusqu'à la gare d'Austerlitz. Il était dans mes habitudes d'homme du peuple, de voyager en seconde classe, sans couchette. Elle m'a doublé devant le guichet et a commandé :

- Un aller simple pour Aurillac en première avec couchette.

Elle a balancé ses biftons avec désinvolture et m'a déclaré le plus simplement du monde :

- Maintenant, Monsieur… voyage en première…

J'avais un peu honte… J'avais l'impression que tous les gens qui attendaient derrière nous, me montraient du doigt… Elle en faisait trop :

- Tu ne crois pas que tu exagères un peu…

- Non, j'investis ! Tu vas me protéger… Protéger ma liberté n'a pas de prix…

Elle m'a embrassé sur les joues comme une sœur. Ouf ! Sur le coup, j'ai craint qu'elle me colle ses grosses lèvres rouges sur la bouche devant tout le monde.

Je me suis installé, tout seul, comme un coq en pâte, dans mon compartiment de première classe. En une seule journée ma vie de prolo à ras des pâquerettes, avait basculé… J'étais désormais un mauvais garçon… Je risquais la taule, peut-être de me faire descendre au cours d'une rixe… Dans un premier temps, j'ai éprouvé comme un grand vertige… Une trouille phénoménale m'a envahi et… je ne sais pas… déjà du remords… Puis je me suis dit : il faut dominer sa peur ! Tu vas avoir une vie passionnante, pleine d'incertitudes, d'aventures… de risques. Dans le fond, tu en as envie ! J'irai peut-être au placard… comme les autres… Et après ?

J'avais beau être installé confortablement… Je n'ai pas fermé l'œil de la nuit ! J'arrêtais dans toutes les gares… Un ange gardien revenait toujours à la charge et me soufflait à l'oreille : « Arrête ! Tu lui diras : Non ! Tu resteras un honnête garçon ! Tu as bien demandé une semaine de réflexion. Tu lui rembourseras ses frais… Et tu en resteras là avec elle ! Fichtre, tu te rends compte ! Toi, l'ex-bon-garçon… tu vas te maquer avec une vieille pute ! Tu mérites mieux !»

C'est dans cet esprit qu'au petit jour, j'ai débarqué à Aurillac. Après avoir bu un café au buffet de la gare, j'ai pris le car pour Sainte Geneviève sur Argence, l'âme lavée de tout soupçon d'avoir pactisé un instant avec le diable… Le car m'a laissé à l'arrêt de Mels sur la route nationale. Un bon kilomètre à pinces me restait à faire. C'était l'occasion de me ressourcer en traversant le hameau de mon enfance constitué de quatre fermes et de cinq ou six habitations. L'air frais et humide du matin m'incitait à descendre à grandes enjambées. Le soleil se pointait déjà au-dessus du bois de bouleaux et de châtaigniers. De petits nuages blancs volaient dans le ciel, entraînés par une brise vivifiante.

J'ai poussé la barrière en bois de la fermette parentale… J'ai été étonné par le silence qu'agrémentait le chant des oiseaux. Le crissement de mes pas sur les graviers a réveillé ma mère qui s'est précipitée à ma rencontre et m'a sauté au cou.

- Te voilà ! Tu n'as donné aucune nouvelle depuis six mois… Je m'inquiétais…

Je la regardai. Elle était tout de noir vêtu : jupe, gilet, tablier, bas. Un deuil était survenu ! Elle comprit mon regard parce qu'elle se justifia :

- Les gendarmes sont venus annoncer le décès de ton frère Marcel en captivité en Indochine. Il serait mort au Nord-Vietnam dans le camp soixante-quinze. (Voir le roman antérieur : « Prisonnier ».)

Aucune larme ne mouillait ses yeux... Elle m'en informait comme si c'était son devoir... Froidement, il faut dire... C'était étonnant de la part d'une mère-poule pour laquelle chacun de ses six enfants, représentait plus qu'un trésor... Elle passa à autre chose comme si elle voulait ne pas s'étendre sur ce sujet. Je le considérais pourtant comme des plus importants... J'admirais beaucoup mon grand frère, ce résistant plusieurs fois médaillé pour son courage qui avait choisi les paras et avait sauté sur Dien Bien Phu. C'est en voulant l'imiter que j'avais fait mon service dans les paras... Des larmes incoercibles embuaient mes yeux. Ma peine était immense. A ma grande surprise, comme si elle voulait tourner la page d'une histoire peu glorieuse, elle passa d'emblée à un autre sujet.

- Ton père a emmené le troupeau avec les chiens pâturer dans la clairière du « bout du monde. »

- Je comprends le silence qui entoure la maison...

- Que deviens-tu ?

- Libéré des obligations militaires, je suis monté à Paris où j'ai été admis parmi les forts des Halles...

- Très bien ! Tu as raison. Tu feras ton chemin là-haut… Ici, il n'y a plus d'avenir pour les jeunes… Ton frère Mathieu est berger sur l'Aubrac… Stéphane travaille avec un maçon comme manœuvre… Des emplois précaires… à la petite semaine comme leur père !

J'entrai dans la maison. La grande salle était identique avec sa grande cheminée au fond et ses « cantous ». La table de bois trônait au milieu de la pièce avec ses deux longs bancs de chaque côté. Elle se fendit d'un café… L'hebdomadaire paysan du parti communiste « La terre » était toujours en bout de table. Mes yeux s'élevèrent au-dessus de la cheminée… Il y manquait le « le petit père des peuples » : le portrait de Staline !

- Tiens ! Il y a un absent ! Fis-je avec un sourire entendu au coin des lèvres…

J'insistai :

- Ici, même dans les fins fond du plateau de la Viadène, on déstalinise aussi !

Cette femme tout de noir vêtu, osa rire de humour ! Il faut dire que notre éducation philosophique naviguait entre les deux plus grands mensonges inventés par l'Homme :

1/ Le marxisme-léninisme, communisme et socialisme réunis auquel notre père croyait dur comme du fer !

2/ Dieu, la Vierge et tous les Saints, auxquels notre mère tenait, priait, brûlait force cierges… En conséquence de quoi, elle avait envoyé ses six enfants au catéchisme malgré l'opposition féroce de son mari…

Ces deux croyances parallèles les aidaient à supporter leur pauvreté, leur vie de parias…Et maintenant quand j'y pense, quand je compare ma vie à la leur… je crois qu'ils avaient raison de croire en quelque chose, qu'ils ont été heureux… en tout cas… bien plus heureux que moi… qui n'a jamais eu de Foi !

C'était un printemps pluvieux qui laissait de belles éclaircies ensoleillées. J'allais souvent m'assoir sur le rustique banc de chêne fabriqué par mon père. Il était adossé à la façade sud de la fermette. Devant moi, un paysage fantastique se déroulait avec, au premier plan, un pré d'herbe verte qui descendait en pente douce vers les gorges de la Truyère dont on apercevait, au loin, les falaises calcaires. Je restais là des heures à songer, à peser le pour et le contre de ma vie future. Ma mère s'alarma. Elle ne me connaissait pas sous cet aspect. Pour nos parents, s'il y avait une chose dont ils étaient sûrs et qu'ils partageaient sans discussion, c'était ce dicton qu'ils répétaient sans cesse : « L'oisiveté est la mère de tous les vices. » Me voir passer des heures à songer devant le paysage, l'air morne et sans réaction, l'interpella… Elle m'inventa des tâches. Le lendemain de mon arrivée, c'est moi qui emmenai paître le troupeau sur le pré communal... Le deuxième jour, je dus aller chercher des provisions, du pain pour la semaine, au bourg de Sainte Geneviève distant de neuf kilomètres. Je ressortis de la grange ma bicyclette, celle qui m'avait servi pour aller à l'école. Je la dépoussiérai, regonflai les pneus, graissai la chaine... En montant la côte, je pestai sur l'ancienneté de ce vélo d'avant-guerre et je pensai, bien malgré moi, que bientôt je voguerai vers la modernité et que le moteur d'une Citroën de quinze chevaux fiscaux, me bercerait de son ronronnement dans les côtes à fort pourcentage....

Bref, je ruminais sans trouver de solution à mon problème ; la tentation du luxe et de la modernité était trop forte....

- Qu'est-ce que tu as ? Me dit-elle. Je te sens songeur... Tu es ailleurs ! Tu rumines quelque chose ? Ne serais-tu pas un peu déprimé ou amoureux ?

- Non, non, tout va bien, je t'assure !

- Je te connais ! Quelque chose t'obsède ! Tu te rappelles quand tu as fait ton eczéma, Tu étais comme maintenant... Songeur... ailleurs... Seul le curé d'Orlhaguet te l'a guéri. Tu devrais aller le voir peut-être... Il t'enlèvera ce qui te trotte dans la tête !

Le curé d'Orlhaguet était la panacée de la maison... Les lecteurs qui ont dégusté « Crime sans châtiment » et « Prisonnier » connaissent déjà cet honnête curé, guérisseur, sourcier, magnétiseur pendant ses heures de pause, en dehors des offices et au grand dam de sa hiérarchie ! Il jouissait d'une aura parmi la population crédule de ce pays…

- Tu crois ?

Comme la nuit porte conseil et que je n'arrivais toujours pas à dormir, j'y allais le lendemain, pédibus… comme on dit aux Halles… Je traversai le gué par le grand pont à cinq arches dont l'époque moderne avait doté ce village et grimpai sur le tertre où trônait la haute église fortifiée. Je sonnais discrètement à la porte du presbytère situé juste derrière.

La même servante aussi gironde et avenante – que de temps du catéchisme - m'ouvrit la porte, le sourire toujours au coin des lèvres. Elle dut me reconnaître car elle dit :

- Asseyez-vous dans la salle que vous connaissez bien. Monsieur le curé termine une messe d'enterrement…

Mauvais présage, me dis-je en moi-même en m'asseyant sur une chaise cannée, étroite et inconfortable… Pendant cette attente qui me parut longue, une envie folle de me sauver me talonnait, c'est alors que le curé surgit par la porte de derrière qui faisait communiquer la sacristie avec le presbytère…

- Tiens, une tête qui ne m'est pas inconnue… Un Rigal ? Mais lequel ? Il y en a tellement !

- Dédé !

- Ah oui ! Dédé ! Le plus sympathique enfant de chœur que j'ai eu ! Un peu farceur, c'est certain… Tout de même plaisant ! Mais, vous l'êtes tous chez les Rigal de Mels ! Même votre pauvre père, qui se prépare à aller griller au feu de l'enfer en s'imbibant un peu plus chaque jour de ce maudit breuvage qu'est le vin ! Bon, je vous demande encore quelques minutes de patience… Je me remets ! Une messe d'enterrement même si je me dois de rappeler la promesse de la vie éternelle… ce n'est pas gai et je n'aime pas trop ça !

Il passa dans la cuisine où je crois que sa bonne lui servit un café accompagné de petits fours car j'entendis des tasses s'entrechoquer…

Il revint et me dit à brûle pourpoint :

- Qu'est-ce qui vous amène ?

- C'est ma mère… Elle me trouve changé, triste…

- Et vous comment vous trouvez-vous ?

- Je ne dors plus… Je suis triste et angoissé…

Je le trouvais anormalement tendu comme s'il avait envie d'en finir rapidement. On m'avait tellement vanté la sérénité et la bienveillance de cet homme, élevé au rang de mage par la majorité de la population du canton… J'étais surpris…

Il sortit un pendule de la poche de sa soutane.

- Restez assis où vous êtes !

Il vint derrière moi, face au grand Christ en croix qui meublait son dessus de cheminée. Il examina un court instant les oscillations de son pendule… Puis, il déclara :

- Voyez, chez vous, chez les Rigal de Mels… Il y a une femme que j'admire beaucoup… Votre mère, c'est une Sainte qui a bien su mener sa barque, élever ses six enfants… Tout en ayant un mari irresponsable… Et puis, il y a les autres membres de la famille… C'est pour eux que je prie… Comment tourneront-ils dans ce contexte ? Revenons à vous ! Oui, vous êtes à la croisée des chemins… Cette croisée est une patte d'oie… A droite, vous avez le bon chemin, celui de la droiture et de l'honnêteté… A gauche, le mauvais chemin… Celui des sinistres calculs, des embrouilles, des coups en douce, du vol et même du crime… Vous avez le choix ! C'est pour cette raison que vous êtes très mal… Le remord vous ronge déjà ! Pourtant, vous hésitez encore ! Parce que la tentation est grande, trop grande de prendre le mauvais chemin… Satan, le diable en personne, vous attend au tournant ! Il est le plus fort dans votre âme ! Vous aurez du mal à vous en éloigner… A vous libérer de sa séduction, de son emprise ! Que faire ? Même lui – il désigna le majestueux Christ en croix d'un hochement de tête - n'y peut rien, je le crains… Je prierai pour vous sauver du péché…

Il s'assit à son bureau, sortit la maquette de sa pharmacopée… C'était le « Poconéol, » rendu célèbre. Il consistait en de petites fioles remplies de médications sous forme de gouttes, la plupart à base de plantes et numérotées de un à dix-huit… Il fit tourner son pendule au-dessus des fioles ; celui-ci sembla préférer le numéro treize…

- Voilà fit-il : « Poconéol numéro treize » … Il vous aidera à supporter ! Mais personne, même pas Lui – il désigna encore une fois le Christ - ne peut rien pour vous… Allez ! Partez ! Ne mettez rien dans le tronc ! Je ne veux pas de votre satanée obole…

Je me retrouvai dehors, un peu douché par la violence des propos du mage, avec l'impression d'avoir été chassé comme on chasse le diable…

« Vade retro satana ! » Arrière Satan !

Personne ne le connaissait sous cet aspect. Le curé d'Orlaghct, à la renommée d'extrême bienveillance, m'avait jeté comme un malpropre ! Je m'en allais, vexé, les mains dans les poches et la tête basse, en me disant :

- Il a raison ! Je prendrai le chemin de gauche ! A moi la pute, le fric, le luxe et la traction quinze ! C'est tout réfléchi ! Je peux reprendre le train pour Paris…

Je n'ai même pas acheté son remède ! Le poconéol numéro treize est resté chez le pharmacien !

LE RETOUR.

Je débarquai à la gare d'Austerlitz en vainqueur ; et miracle ! Depuis que ma décision était arrêtée, je dormais bien et j'avais passé une excellente nuit, assis sur ma banquette de seconde classe… Je me persuadais qu'une vie aventureuse, prospère et insouciante m'attendait…

Les boulevards parisiens ne me paraissaient pas assez larges pour l'homme important que j'étais devenu.

Elle m'accueillit à bras ouverts, m'embrassa de tous les côtés, m'appela « mon loulou, mon coco » et tutti quanti… bien que je lui rappelais à chaque fois qu'elle devait se contenter de Dédé… Je me suis installé chez elle dans sa chambre d'ami. Elle m'a recommandé de garder ma piaule, « mon trou à rats » a-t-elle dit, alibi utile pour la « mondaine » … et oh ! Surprise ! Elle m'a sorti un magnifique Magnum tout neuf de derrière son placard… Il était bien rangé dans son étui. Je l'ai pris délicatement entre mes mains ; je l'ai sorti, l'ai examiné de tous les côtés. J'ai tout de suite vérifié qu'il n'était pas chargé…

- Tiens ! C'était celui de mon Jules ! Il n'a jamais servi… Je fais confiance à celui qui a fait ses classes dans les paras… Pour toi, ce n'est qu'un joujou … Il ne faut pas faire le con avec ce genre d'engin et si possible, ne jamais s'en servir ! Compris !

- C'est juste pour impressionner… je crois !

Je fis rouler le barillet…. Elle me regardait avec des yeux tout ronds, légèrement interdite, interrogative…

- Et les munitions ?

- Je les garde pour l'instant. Il faut que tu t'habitues… Je te les donnerai plus tard ! Elles sont dans mon placard… Bon avant tout, voici mes conditions : Attention à l'alcool… C'est un mauvais conseiller… Il donne un sentiment de surpuissance et incite à prendre de mauvaises décisions ! Toujours garder la tête froide ! Toujours cool… le gars ! D'abord de la bienveillance avec le client éméché, et qui dépasse les bornes… N'oublie jamais qu'une bonne négociation vaut mieux qu'une grosse castagne qui vous fait remarquer et vous mène au trou ! Que ça ne t'empêche pas d'être ferme !

Je me marrai…

- C'est tout ? T'a pas d'autres conseils… à deux balles ?

Elle continua son monologue :

- Je les connais tous ces mecs, ces branleurs… Ils passent leurs journées à boire, font des conneries et se retrouvent au placard… Compris ! répéta-t-elle… Deusio : tu n'as pas le droit de lever la main sur moi ! Pas de violence entre nous… Respect mutuel… O.K ?

- Normal !

- Un autre point… plus délicat… Tu n'as pas le droit d'aller voir des collègues… Autrement dit les autres putes ! Tu devras te contenter de mes fesses ! Compris ?

C'était une question qui ne m'avait pas effleuré… Je la trouvais injuste ! Bizarre ! Alors, elle se faisait ses vingt passes et moi… je n'avais pas le droit de me payer une petite fantaisie ! C'était déséquilibré…

- Alors là… T'es un peu exigeante !

Elle ne manquait pas d'air, la garce… C'était d'après elle une question d'hygiène. Elle avait très peur des maladies vénériennes ; ce genre d'infections qui vous font mourir à petit feu et vous flanque au chômage… Hortense prenait toutes les précautions possibles, disait-elle… Hygiène… Préservatifs… Passait la visite médicale obligatoire tous les quinze jours à Saint-Lazare etc. Elle voulait qu'on fasse l'amour sans préservatif et par conséquent me demandait une conduite exemplaire…

J'étais sur le cul ! Mais, j'acceptai le marché ! Quand on a une pute à la maison, ce n'est pas la peine de courir ailleurs…

Après cette petite conférence impromptue, on est partis chez Charlot Premier, le roi des coquillages, arroser - par dérogation spéciale - nos accords au champagne ! Et dans la foulée, nous sommes passés chez Citroën. J'ai essayé la rutilante traction quinze qui me plaisait tant… Quand je me suis installé au volant, déjà l'odeur m'a plu, une odeur veloutée de siège en tissu mêlée discrètement à l'odeur d'essence ! Une sensation extraordinaire ! Elle a démarré au quart de tour et j'ai écouté le moteur tourner au ralenti. Un vrai délice ! Une mécanique bien rôdée qui ronronnait comme un chaton…

Je me suis payé un grand tour : sortie de Paris par la porte de Clichy, traversé Neuilly au pas, direction la campagne, Colombes et Bois-Colombes. La traction ronflait ; les pneus crissaient… J'étais heureux, le summum de ma virilité s'exprimait d'une autre façon ! Ce bel engin allait être à moi !

Retour au garage. Un comité admiratif composé du directeur du garage et de son personnel, nous attendait. Elle n'a pas marchandé… Telle une reine, elle a étalé ses biftons par liasses de dix sur le bureau du boss… Y'avait juste le compte ! Il était estomaqué, le gus ! Il a fait des papiers provisoires à mon nom et on est partis !

Tout commençait bien ! Mais, je me réveillai la nuit en proie à une angoisse sourde. J'avais un vague pressentiment que des emmerdes ne tarderaient pas... J'avais pris le mauvais chemin, celui de gauche qui me conduirait un jour ou l'autre à la maison d'arrêt... Je le craignais tellement que j'en devenais insomniaque à tel point que j'allais la retrouver dans sa chambre... Dans sa chaleur, enfin calmé et rassuré, j'arrivais à me rendormir...

LE VIRAGE.

Pendant quelques mois, notre association marcha plutôt bien… Je me levais à quatre heures du matin ; j'allais retrouver mes copains, les forts des Halles. J'aimais cette ambiance virile, ces grosses voix qui s'interpellaient dans le matin gris :

- Alors, pousse ! Qu'est-ce que t'as ? T'as plus de moelle ?

- Qu'est-ce t'as encore branlé hier ? Le cul te perdra !

J'étais de plus en plus célèbre : on entendait partout des Dédé par-ci, des Dédé par-là… On peut dire que mon nouveau statut de petit mac, faisait rire sous cape les anciens tandis que les nouveaux arrivés me témoignaient un profond respect, pensant que je manipulais par en-dessous le syndicat ou même quelques puissances occultes telle qu'une quelconque mafia…

Vers neuf heures et demie, dix heures, on cassait la croûte entre copains chez l'Auvergnat… Hortense prenait son service… Elle plaisait bien - bien qu'elle soit déjà sur le retour – aux maraichers, routiers ou paysans pressés de remettre dans le commerce les biftons gagnés à la sueur de leur front… Vers midi, elle me remettait une enveloppe. « Par sécurité » disait-elle… Je roulais sur l'or… Déjà je m'empâtais. L'abondance des biftons m'incitait à bouffer des beefs de plus en plus gros !

Dire que je n'avais pas de remords, serait faux. J'étais tiraillé entre deux pôles : celui de la morale, de l'honnêteté et l'autre, celui du trafic en tous genres… Je n'osais plus me regarder dans la glace… Quand vers treize heures avec Hortense nous déjeunions « Aux pieds de cochons », j'évitais les places où le grand miroir de la grande salle me renvoyait mon image… de maquereau ventru et rougeaud…

Dans un premier temps, tout se passa bien… L'après-midi, je la promenais à la campagne dans notre magnifique automobile. Elle aimait bien les bords de l'eau, Pontoise, les courses à Chantilly, le parc du château de Fontainebleau. Le dimanche, je l'emmenais manger et danser dans les guinguettes des bords de Marne à Nogent ! Ah ! « Le petit vin blanc qu'on boit sous les tonnelles ! » C'était presque romantique ! Elle oubliait un instant sa condition et s'abandonnait en amoureuse dans les bras de son gigolo !

Cela dit, j'avais la vague impression que cette situation « idyllique » ne pouvait pas durer... Des emmerdes arriveraient bien un jour ! C'était écrit !

Un matin, j'étais seul au bar. Je sirotais un café en surveillant d'un œil las le bitume. Il s'est pointé un monsieur très bien en gabardine de luxe « Burberry » et chapeau noir. Il s'est installé à côté de moi, a commandé un café... Silencieux, le gars, l'œil noir impressionnant... Il s'est éclaircit la voix et m'a dit :

- Dédé, j'ai du boulot pour toi...

Crac ! Moi qui pensais qu'on allait philosopher en copain sur le prix des poireaux, j'ai pris un grand coup dans l'estomac... Au moins un direct du gauche... J'étais si surpris que j'en aurais fait dans mon froc. Ma tête me tournait et me disait : « C'est la mondaine qui te cherche. » Je me suis repris et j'ai bafouillé :

- A qui ai-je l'honneur ?

- Tu n'as pas à le savoir ! C'est une affaire de la plus haute importance pour laquelle tu toucheras un paquet... Mais qui nécessite une discrétion parfaite, c'est-à-dire de n'en parler à personne... même pas à ta pute... Tu comprends ? Car dans ce cas ... ce serait le sapin direct... sans explication, ni aucune négociation !

Je commençais à comprendre ! « C'est plutôt le milieu que la mondaine » me disais-je !

- C'est quoi ton boulot ?

- Rien de bien difficile… Conduire une traction… Pas la tienne, bien sûr…

- Si je dis non…

- Tu n'as pas le choix ! Déjà, on te tolère… T'as ton bout de macadam… Bien situé d'ailleurs… mais en échange de notre tolérance… Tu dois nous rendre un service... Tu continueras à jouir de notre protection si tu marches avec nous dans cette affaire.

- Bon, explique-moi…

- Toi, ton rôle consiste en deux choses : Conduire d'abord et, deusio, fermer ta gueule à jamais… Même en cas d'interrogatoire musclé… La traction, ce sera la même que la tienne, volée et maquillée… Le pognon, t'auras une liasse le jour du coup et c'est moi qui viendrai t'apporter le reste dix jours après… si tout s'est bien déroulé comme prévu, c'est-à-dire avec succès… ça va de soi ! Tu peux avoir confiance… Après, attention ! Pas d'ostentation pour te faire repérer ! Tu dépenses petit à petit… discret, discret…

- Alors, c'est quoi l'affaire ? L'attaque d'un fourgon blindé, un hold-up dans une banque ?

- Mieux ! Moins dangereux ! Mieux payé !

- Je ne vois pas !

- Un enlèvement… Je ne sais pas de qui… Certainement une personnalité importante quand je vois tout le pognon qu'« ils » nous lâchent… Je n'en sais pas plus…

J'étais surpris et restais muet.

- Bon c'est simple ! Vendredi prochain vers dix heures du matin, tu trouveras une traction quinze stationnée devant les jardins de l'observatoire. Il y aura les clés sur le tableau de bord… Tu montes dedans, puis, tu passes nous chercher à la Madeleine, nous serons trois, assis à la terrasse à côté de chez Fauchon… Je monterai à côté de toi… Les deux autres lascars à l'arrière… Après on te dira où on va !

- O.K ! Tout baigne… De toute façon, je ne peux pas refuser ?

- Non, c'est obligé ! Attention ! Pas d'embrouilles… motus et bouche cousue… Chez nous, il n'y a qu'une seule sanction : le « flingue » !

L'ENLEVEMENT.

Je suis rentré à la maison les jambes molles... On y était... Je m'étais foutu dans de beaux draps... Un enlèvement... Pourquoi pas un hold-up ? Cependant, ils avaient l'air bien organisés, les gus... Leurs têtes froides pouvaient donner confiance... J'étais certain qu'avec ce genre de lascars, tout se passerait bien...

Quand même... ce n'était pas bien... leurs combines, enlever un mec... que je ne connaissais pas... J'avais les foies, je l'avoue... Dans quel pétrin m'étais-je fourré ? Pas moyen d'échapper à leurs manigances... Les boules, quoi... J'ai imaginé un instant, surtout pour me consoler, que c'était pour la bonne cause... Pour la France... Pour sauver la République... J'ai songé à mon frère, le grand Marcel, le héros de la famille, qui s'était battu dans la résistance pour la liberté... et qui était mort dans la jungle du Tonkin après avoir sauté en héros sur Dien Bien Phu...

Cette pensée m'a requinqué ! J'ai senti mon courage revenir…

Hortense rentra vers midi…

- Qu'est-ce que tu fous ? Qu'est-ce qui s'est passé pour justifier ton abandon de poste ?

- Un malaise ! Une envie de vomir, de faire dans mon froc !

- Une gastro ?

- Oui ! On peut appeler ça comme ça !

C'était tout simplement la trouille qui me travaillait le cuir… mais je n'ai rien dit de mon terrible secret ! Motus et bouche cousue comme l'exigeaient mes complices !

La veille de l'enlèvement, le jeudi, j'ai prétexté une envie de changer d'air. Déjà, j'avais pris l'habitude, une fois par semaine, d'aller dormir dans mon « trou à rats. » J'y entretenais de bonnes relations avec la concierge… Elle comprenait qu'un jeune homme de ma trempe, ne dorme pas toujours dans son lit : il y avait, selon elle, « dans la capitale, beaucoup de chats à fouetter… »

Vers dix heures du matin, j'ai pris le métro pour me rendre à l'observatoire. C'était un matin d'automne gris et humide. Une brume encore épaisse enveloppait les rues de la capitale. La chaussée luisait, reflétant la lumière des phares des bagnoles. Les pavés étaient glissants…

Une traction quinze presque aussi belle que la mienne, était innocemment garée au bord du trottoir. Je me suis assis au volant. Les clés étaient sur le tableau de bord… Elle démarra au quart de tour, en route pour la Madeleine. La circulation était fluide et je respectais d'autant plus le code de la route que je craignais d'attirer l'attention de la maréchaussée. Je fis le tour de l'église de la Madeleine et m'arrêtai devant la terrasse à côté de chez Fauchon…

Trois zigues sortirent aussitôt, dont celui que je connaissais déjà. Il s'installa à côté de moi, les deux autres à l'arrière, des mastards avec des gueules patibulaires qui feraient peur à un wagon de légionnaires surarmés… ça schlinguait les barbouzes à cent kilomètres ! Eux aussi en imper de luxe… Décidément, c'était leur uniforme à ces gus ! Le leur, en plus, il avait du côté des côtes gauches un renflement bizarre… qui, à ne pas en douter d'un iota, reniflait le gros calibre…

- Tu prends le boulevard Saint-Germain… m'a dit le gros, d'une voix d'outre-tombe…

Je ne suis pas médecin… Mais à entendre cette voix caverneuse, j'ai posé un diagnostic : il buvait au moins trois whiskies et fumait trois cigares avant de s'endormir le soir !

- Au pas ! On n'est pas pressés, rajouta-t-il en consultant sa montre.

J'ai pris le boulevard comme prescrit. Mon cœur battait la chamade. Mon sang bouillait dans ma tête. Ils risquèrent une plaisanterie puis une autre… J'ai senti leur décontraction. Pour eux, c'était une balade, une sorte de partie de plaisir ou de golf… J'ai soufflé… Leur optimisme de voyou s'est communiqué à leur chauffeur… Arrivés à la mi-temps du boulevard Saint Germain, le gros à la voix d'outre-tombe, a grogné :

- Arrête un peu le long du trottoir !

Je me suis exécuté. Le moteur tournait au ralenti. Celui qui n'avait pas encore parlé dit :

- C'est lui qui descend le boulevard ! Merde ! Il est accompagné !

- Bof ! C'est un blanc bec ! C'n'est pas un problème… J'n'en fais qu'une bouchée ! Allez, on y va…

Les deux barbouzes de l'arrière descendirent de la bagnole, en douceur comme des félins. Ils laissèrent les portes se refermer sans les claquer. Le passager assis à côté de moi, ne bougea pas. Son bras tapait nerveusement sur la portière, le carreau baissé.

- Tu vas voir, ce sont des pros, me souffla-t-il…

J'entendis par la fenêtre ouverte la grosse voix du gros :

- Police, vous êtes en état d'arrestation…

Le jeune accompagnateur détala à toutes jambes. Il démarra comme s'il piquait un cent-mètres digne des Jeux Olympiques, tourna à droite dans la première rue, si vite, avec une telle panique que tous ricanèrent… Mes lascars empoignèrent leur proie qui n'offrit aucune résistance et le poussèrent dans la traction…

- En route… Pas d'excès de vitesse… Les quais de la Seine, direction Bercy, puis nationale quatre… Tu connais ?

- Oui !

C'était la nationale que je prenais pour me rendre dans les guinguettes du bord de Marne…

A l'arrière, la proie a bien essayé de protester, mais des bras costauds le retenaient et un flingue impressionnant lui était appliqué sur la tempe ou dans les côtes en permanence…

- Que me voulez-vous ? dit-il pour la troisième fois.

- Nous rien ! Mais d'autres que nous, oui ! Ils ont quelques questions d'ordre politique à te poser ! Nous, ce n'est pas notre rayon… Ne fais pas le con, je ne voudrais pas cochonner cette belle tire en répandant ton résiné sur la banquette !

On a laissé la nationale « quatre » pour la direction de Vaux-le-Vicomte… J'y avais emmené Hortense qui adorait visiter les châteaux : Le Louvre, Versailles… C'était son côté culturel de l'après-midi… Vaux-le-Vicomte était son préféré… Elle avait lu le Vicomte de Bragelonne de Dumas et même l'histoire du Surintendant Fouquet, un autre grand escroc qui avait passé le reste de sa vie dans les sombres geôles du Roi soleil…

Ils m'indiquèrent un pavillon de banlieue aux fins fonds d'une zone résidentielle. Les deux mastards descendirent en cramponnant leur prisonnier.

- Mission accomplie ! fit mon voisin en les voyant entrer dans le sous-sol. Retour vers Paris… Tu me laisseras Porte d'Italie et abandonneras la voiture où tu voudras… plutôt discrètement dans une petite rue…

Je filais, silencieux, vers la capitale… Porte d'Italie, je m'arrêtai le long du trottoir. Il me glissa une enveloppe grise qui contenait un acompte et me dit :

- Je t'apporte ton salaire dès qu'on aura touché le complément ! Salut !

Il descendit à grands pas le boulevard sans ajouter un mot. Je démarrai, m'emmanchai un peu plus loin dans une petite rue où je laissai la tire… Je rentrai à pinces chez Hortense qui ne me posa aucune question…

Nous avons continué notre petite vie routinière. Dire que je dormais bien serait faux… Je me réveillais la nuit en sursaut… J'avais peur ! Mais de quoi exactement ? Je ne sais ! C'étaient des angoisses mêlées de remords. Je me posais plein de questions… Je me doutais bien que ce n'étaient pas de vrais policiers ! Pourquoi l'ont-ils enlevé ? Certainement des raisons politiques qui me dépassaient… Pour obtenir le versement d'une rançon ? Je ne retenais pas cette hypothèse tant elle me paraissait crapuleuse. La raison politique avait mes faveurs. Je ne lisais jamais de journaux et ne m'intéressais en aucune manière à ces histoires de gouvernement, de conflits, de géopolitique et autres… J'étais pour eux l'homme de main idéal ! Que vont-ils en faire de ce pauvre type ? Dans ma naïveté, j'étais certain qu'ils allaient l'interroger puis le relâcher.

J'ai changé d'opinion quand, trois jours après, j'ai vu par hasard, au kiosque du coin de la rue de la Ferronnerie, les gros titres des journaux :

« Ben Barka a été enlevé en plein jour boulevard Saint Germain. »

J'ai acheté France Soir. J'y ai lu :

« L'opposant de gauche au Roi du Maroc a été enlevé vers midi moins le quart le vendredi vingt-neuf octobre. On est sans nouvelles de lui depuis son enlèvement. » Etc.

Suivait un long article sur l'action et la biographie de ce leader politique. Deux grandes pages étaient consacrées à cet évènement. J'étais sur le cul ! C'était le leader de l'opposition au roi du Maroc, un homme de gauche qui voulait évincer sa Majesté pour prendre sa place et instaurer – soi-disant - une république ! Il était sponsorisé en sous-main par Ben Bella, le président algérien en exercice, l'URSS et tutti quanti ! Ainsi j'avais trempé dans cette affaire sulfureuse et combien sensible… Vrai que pour être sur le cul, j'étais sur le cul ! D'autant que je me sentais républicain jusqu'à la moelle des os… J'avais même eu des sentiments communistes lorsque j'étais ado sous l'influence de mes rares lectures de « La Terre » et de l'ombre du « grand Staline » qui trônait en couleur au-dessus de la cheminée de la ferme parentale… J'ai éprouvé un vague sentiment de honte pour avoir trahi les idéaux de ma famille…

Bon, j'ai continué à décharger mes cageots chaque matin… sauf que j'n'étais plus vraiment tranquille… Je travaillais en jetant toujours des regards derrière moi, comme une bête traquée… Puis je prenais mon poste chez l'Auvergnat… Le casse-croute améliorait grandement mon état d'esprit, et puis il y avait le dandinement d'Hortense à l'extérieur qui me lançait des œillades souriantes et complices... Elle me rassurait ! Cette monotonie quotidienne m'aidait à supporter le poids de mes peurs et de ma culpabilité...

Dix jours après environ, le lascar dans son imper de luxe qui m'avait piégé, se radina. Il me fit signe et alla s'assoir à la table du fond. J'allais prendre place à son côté. Sitôt nos cafés servis, il me glissa une enveloppe grise sur les genoux. Pas bavard, il lâcha :

- Tout baigne... Ne fais pas le con ! Ne te fais pas remarquer. Pas de dépenses ostentatoires !

Il avala son café et se tira... J'allais vérifier au petit coin le contenu de l'enveloppe : Putain, le magot ! Neuf liasses de gros biftons ! Je n'en avais jamais palpé autant ! Avec celle qu'il m'avait balancée en avant-première, ça faisait dix ! Pour moi, un véritable pactole !

L'ENTREPRISE DE CAMIONS.

Je m'étais lié d'amitié avec un maraîcher du bord de la Seine. Je ne sais pourquoi, les copains l'appelaient le père « tape-dur ». C'était un solide paysan qui menait son monde à la baguette. Tous les deux ou trois jours, il amenait sa cargaison de légumes : poireaux, salades, carottes. Il m'aimait bien. Il savait qu'avec moi, ça dépotait ferme, sans jamais d'embrouille…

Après le turbin, on se retrouvait à table au « pied de cochon ». Un féroce appétit, le gars…

Un jour, il m'a dit :

- Avec l'âge, je me fatigue… J'en ai marre de ces allées et venues aux Halles ! Si tu veux, je te laisse mon camion pour un prix d'ami. Tu viendras chercher mes légumes à la maison…

J'ai sauté sur l'occasion. L'affaire s'est faite immédiatement. J'irais chercher ses légumes le soir. Je les déchargerais de bon matin à son correspondant des Halles qui se chargerait de la vente… L'affaire fut entendue.

Au moment de procéder au changement de nom sur la carte grise, je lui ai dit :

- Pas de papiers entre nous deux… Tu sais que le camion est à moi, et c'est tout…

Il accepta sans froncer un sourcil…

- Oui, après tout, ne compliquons pas les choses ! Un contrat oral entre nous vaut toutes les paperasses du monde !

Nous nous tapâmes dans la main. C'était juré, craché…

Je venais d'inventer instinctivement le système qui me permettait de posséder sans être réellement propriétaire. Je dépensais les sommes que j'avais accumulées au fil des jours, ni vu ni connu, sans en rendre compte à une quelconque autorité… C'était, certes, très astucieux mais je sentais bien qu'un jour, ce système serait démasqué et me vaudrait les pires ennuis…

Je commençais, profil bas, par trois rotations par semaine. Très vite sur le carreau des Halles, quand il y avait un problème, une panne, un empêchement, un accident, on venait me chercher… Je faisais le bouche-trou à tel point que j'ai rapidement tourné à plein régime et à plein temps tous les jours… Je ne refusais jamais le boulot… J'aimais rendre service contre rémunération… Cela allait de soi… Hortense gueulait… Finies les sorties, les balades… Il ne me restait que le dimanche et encore je partais quelquefois le dimanche soir pour amener un chargement le lundi matin de bonne heure…

- Pourquoi tu n'inviterais pas ton frère Mathieu pour te seconder ? Me souffla-t-elle un jour.

Mon frère Mathieu traînait sa misère dans notre Rouergue natal, exerçant tous les métiers : Journalier, vacher, garçon de ferme, berger, etc. Il sauta sur l'occasion. Au début, je l'emmenai dans mes expéditions ; puis je lui fis prendre le volant. Il passa le permis etc. et six mois après, il sillonnait la région parisienne sans problème…

Le travail affluait. L'achat d'un second camion s'imposa. Nous achetâmes un Berliet trois tonnes cinq, tout neuf, bien adapté à l'étroitesse des rues. Je le payais rubis sur l'ongle, mais je le mis, direct, au nom de Mathieu, ravi de posséder un camion tout neuf.

Cette entreprise de camions qui n'avait pas de nom, donc très anonyme, prospérait d'autant plus que toutes les transactions se faisaient en liquide. Quelques mois plus tard, notre petit frère, le dernier des quatre frères Rigal, Stéphane, fut appelé à la rescousse et doté aussi d'un camion. Les forts des Halles nous aidaient quand on était à la bourre. J'eus rapidement cinq camions qui n'arrêtaient pas de tourner, jour et nuit. Désormais une équipe allait chercher des melons à Cavaillon, des pêches et des abricots à Salon-de-Provence… etc. Un camion de déménagement couronna la flotte… Les hommes étaient largement payés et récompensés de la main à la main.

J'ai adoré les déménagements. J'aidais les gars au chargement. Les forts des Halles qui cassaient la croûte avec nous le matin chez l'Auvergnat, venaient nous donner un coup de main à charger l'après-midi … souvent bénévolement, seulement par amitié et pour l'ambiance copains.

Nous étions passés maîtres dans le transport et le déménagement des pianos… J'étais dans la fleur de l'âge… L'habitude de la bonne chère, les travaux répétés m'avaient modelé une solide musculature. Je pesais mon quintal… Dans les beaux quartiers de Paris, les déménageurs officiels ne s'embêtaient plus : « Adressez-vous aux forts des Halles ! » disaient-ils ou traitaient avec nous en sous-main. Je venais avec trois costauds et en moins de deux le piano (quelquefois à queue !) était dans le camion…

L'entretien des camions était fait chez un vieux copain, carrossier et ferrailleur de la Porte de Montreuil. Il avait de la place d'autant qu'il avait débordé largement sur les terrains vagues alentour. On garait chez lui les rares jours de diète. Il nous prêtait son pont et un diéséliste de la R.A.T.P arrondissait ses fins de mois en assurant l'entretien et la mécanique. C'est lui qui m'a appris à écouter le doux ronronnement d'un moteur qui tourne rond. Il m'a enseigné la poésie des bielles, des soupapes et des cylindres… et le plaisir de plonger les mains dans le cambouis… J'ai fait mes premiers pas dans l'art de désosser un moteur, de souffler dans un carburateur bouché, de nettoyer des bougies encrassées. Toutes ces manipulations se sont révélées bien utiles quand on tombait en rade le soir ou la nuit en rase campagne…

Les moteurs tournaient rond… Et l'entreprise aussi. Trop peut-être… C'est bête de le dire, mais on turbinait dans l'enthousiasme de la jeunesse, avec plaisir. Chaque gars était arrosé largement. Personne ne se plaignait. Il n'y avait pas de tire-au-cul dans l'équipe… L'ambiance était rigolarde… C'n'était pas comme aujourd'hui où les mecs se font porter pâles pour un rhume, une petite grippe ou une entorse : on aimait le travail. On aimait remplir un contrat, rendre service, contenter le client ! Les blancs-becs, les souffreteux, les rois de l'esquive ne se frottaient pas à nous ou alors une seule fois… Repérés vite fait, ils étaient virés avec les honneurs de mon coup de pied au cul !

Alors, je ne comprends pas, pourquoi m'a-t-on barré la route, mis des peaux de bananes sous ma trajectoire olympienne ? Est-ce l'envie, la jalousie ? Qui a osé me dénoncer ?

Toujours est-il qu'un blanc-bec à veste à carreaux, chemise blanche et cravate à pois très à la mode, le schnock, se pointa un jour « chez l'Auvergnat » où j'avais gardé mon quartier général. Je l'avais remarqué parce que ce n'était pas le genre du quartier… Il buvait son café en tendant l'oreille vers nous… Il aurait bien aimé savoir ce que l'on chuchotait à ma table… Quand j'ai été seul, il s'approcha et me dit :

- C'est bien vous… Monsieur André Rigal ?

- En effet, c'est bien moi ! A qui ai-je l'honneur ?

Sur le coup, je ne me suis pas méfié… Je lui ai même souri aimablement ! Je croyais qu'il avait un « Playel » à déménager…

- Non, rien, je repasserai… Dit-il à mi-voix.

Il s'esquiva…

« C'est qui ce type ? » Cette question me revenait tout le temps ! C'est qui ce blanc-bec qui sent la naphtaline et le moisi de son placard ? D'où sort-il ? Comment s'appelle son repaire de faux-culs ? Un poulaga ? En rapport avec l'enlèvement ? La mondaine ? Hortense gravitait toujours dans le quartier… Le fisc ? On m'avait prévenu… Ce sont les plus voraces… Les putes du quartier avaient été obligées de déclarer leurs revenus illicites… Pas si illicites que ça… pour le fisc ! Même Hortense, pourtant sur le retour, déclarait… La pauvre… Pas imposable… Du moins pour son inspecteur à qui elle ne faisait pas que les yeux doux !

Bon, il était certain qu'un jour prochain, ils chercheraient à me coincer… Ils n'aiment pas la prospérité, ces jaloux ! J'allais longtemps jouer au chat et à la souris avec eux… Il y aurait du sport et du suspense… Mais là… c'était moi… la souris… Et, je n'avais pas l'habitude d'être une proie ! C'était moins marrant… Pourtant je me faisais une raison, je saurai m'adapter et me battre aussi sur ce front-là !

LA DIVERSIFICATION.

J'avais décidé d'en rester à cinq ou six camions. Bien sûr, les copains, les associés, les clients, tous me pressaient d'aller au-delà. Non ! J'avais atteint mes limites. J'en avais plein la tête des calculs et des plannings… Je craignais de devenir cinglé si je continuais sur cette lancée…

C'est alors que se pointa Viktor. C'était un fort des Halles qui nous donnait souvent un coup de main. Un vrai de vrai ! Il me parla ainsi :

- J'ai acheté un restaurant dans le quartier… Ma femme fait bien la cuisine... Ce serait dommage de laisser son art culinaire au placard… J'ai décidé d'arrêter les sacs de patates, les cageots et tutti quanti ! Y'en a marre et j'me fais vieux… Ce resto, il est sale… c'est vétuste… Faudrait tout refaire, notamment la cuisine, le bar et la salle pour attirer la clientèle… Et je suis à court d'argent… Si tu voulais m'épauler…

Je connaissais Viktor : un gars de confiance qui avait été à la bonne école de la vie et de la débrouille, un gars sur qui on peut compter cinq sur cinq ! Je n'ai pas hésité une minute :

- Ecoute, c'est simple… Combien tu l'as payé ton fonds ?

Il m'afficha une belle somme !

- Eh bien ! Je te donne la même somme et on marche à cinquante, cinquante… seulement pour le capital, bien sûr…

Marché conclu ! Il rénova son bar-restaurant et j'établis mon quartier général chez Viktor. Bien heureux de m'esquiver, puisque le fisc, semblait m'avoir repéré « chez l'Auvergnat ». Tous les copains vinrent se régaler chez lui et son affaire tourna à fond… L'Auvergnat était triste de nous voir nous barrer ailleurs. Depuis neuf ans, on consommait hardiment chez lui. Je l'ai assuré de mon soutien. Nous passions chez lui boire un verre certains soirs…

C'est un peu après qu'Hortense déclara sa lassitude d'exercer le plus vieux métier du monde… Je la comprenais… Elle pouvait se retirer à la campagne…

Non ! Elle voulait rester sur la brèche, dans l'animation du vieux quartier des Halles… qui n'en manquait pas et qu'elle aimait tant. Un hôtel était en vente dans le coin. Ce n'était qu'un vieil hôtel de passe avec néanmoins quelques chambres pour les routiers et les gens de passage… Six étages, une trentaine de chambre, l'idéal pour Hortense ! J'ai quand-même froncé les sourcils…

J'ai visité le « palace » du haut en bas. C'était tellement hideux qu'il n'y a que la cave qui m'a réellement plu ! Une magnifique cave voûtée avec le sol en terre battue à l'ancienne de quoi entreposer des milliers de bouteilles de pinard ! J'ai humé avec délice cette odeur d'humidité, de salpêtre et de vinasse délicatement mélangés. Peut-être m'a-t-elle rappelé l'odeur du sous-sol des burons, là où le fromage appellation « Laguiole » vieillissait pendant l'estive sur l'Aubrac… Le reste était épouvantable. Je fis une moue désapprobatrice. Cet hôtel pourri n'était pas une bonne affaire. D'emblée, je ne sais pourquoi, j'éprouvais un sentiment négatif, une méfiance innée, de mauvais augure à son égard ! Mais, Hortense tenait à son reclassement… Alors, ce que femme veut… Après réflexion et tergiversation, j'ai accepté… J'ai financé son bouge avec le sourire uniquement dans le but de lui faire plaisir… à son nom évidemment.

Je l'accompagnai chez le notaire avec les liasses de biftons dans les poches… Au moment de signer, elle déclara de sa grosse voix de pocharde :

- Si je viens à mourir, j'aimerais que mon ami, ici présent, soit mon légataire universel...

Sur le coup, j'ai été surpris et honoré par cette générosité à la vie, à la mort... J'ai accepté le cœur battant et la larme à l'œil ! Je n'ai pas flairé le piège !

Je ne savais pas qu'en signant, je faisais une grosse bourde comme vous l'apprendra la suite de mon histoire...

En sortant, elle m'expliqua qu'elle se sentait vieille, que toutes ces années passées à tapiner, à boire souvent plus que de raison et à fumer un paquet de « Gitanes » par jour, l'avaient usée jusqu'à la corde... J'ai protesté pour la forme en lui jurant qu'elle était inusable. Elle se marra ! Mais je savais bien qu'elle avait raison ...

- Et puis, j'n'ai pas envie que des cousins et des cousines qui m'ont toujours méprisée, héritent de mon magot... m'a-t-elle déclaré.

Elle a bien rénové son hôtel. Nous avons mis des gars sérieux sur l'affaire... On a tout refait du haut en bas : plomberie, électricité, peinture, ascenseur. Dès l'ouverture, son affaire a tourné rond grâce aux relations et surtout aux « filles » du quartier. Elle embauchait ses anciennes copines comme femmes de chambre. Hortense était devenue championne dans la réhabilitation des vieux piliers du trottoir des Halles... Les jeunes tapinaient, les vieilles refaisaient les lits... Très sociale, très sociable, cette Hortense. Pour ma part, je lui envoyais mes copains, les camionneurs, en rade pour une nuit ou deux et qui trouvaient sur place de quoi se distraire et se requinquer… pour mieux repartir le lendemain …

Les bougres appréciaient fort cet hôtel tout confort… Et Hortense sortait souvent sa petite pancarte : « Désolée, l'hôtel est complet pour ce soir. »

LA TRAQUE : PREMIERE PHASE.

Cette traque fiscale dont j'ai été l'objet, a vite recommencé… Pas de répit avec eux… Elle a bien duré cinq ans, que dis-je ? Plus de dix ans ! … J'étais certain qu'ils n'arriveraient jamais à me coincer… J'ai un défaut… C'est celui d'être toujours beaucoup trop optimiste…

Je me rappelle très bien comment elle a repris ! Un soir, je suis rentré à ma « garçonnière » rue Cavallotti. Quand je suis passé devant la concierge en la saluant d'un petit signe amical, elle s'est levée précipitamment et m'a alpagué :

- Dites, deux types en veste et cravate sont venus et m'ont posé un tas de questions sur vous, votre emploi du temps, votre situation de famille… Je n'ai rien lâché ! J'ai dit que vous étiez un type bien, un fort des Halles ! Ils ont rigolé ! « Il vous graisse la pâte, le Dédé », m'ont-ils déclaré... Ils avaient l'air de bien vous connaître ! Mieux que moi...

- Bravo ! Et merci !

Je lui ai avancé un bifton... C'est normal. Une « pipelette » qui se la ferme, mérite une récompense !

- Ce sont les impôts, ai-je répliqué. Bof ! Pas de quoi s'inquiéter ! Ils ne m'auront pas !

Je me trompais... Je me suis bien amusé, à jouer avec eux... Je te passe tous les épisodes, les péripéties de leurs enquêtes. Tout le monde était au courant dans le quartier des Halles, de la crémière à la marchande de poisson. Les gars au café pariaient sur ma tête... La majorité était certaine que le fisc ne m'attraperait jamais... Malheureusement, ils se trompaient ! D'autres, les minoritaires, étaient persuadés du contraire, qu'« ils » finissaient toujours par trouver une faille, un biais pour confondre le fraudeur...

J'ai fini par être obligé de répondre à leurs convocations itératives... Ils m'ont fait poireauter vingt minutes. Soi-disant qu'une salle d'attente, c'est fait pour ça ! Puis une petite blonde, jeune, très polie, est venue me chercher... Quand je l'ai suivie, j'ai tout de suite admiré son trottinement. Elle était montée sur des mocassins à demi-talons, portait un kilt écossais plein de mystères, la tentation même. Quand elle s'est retournée, j'ai été saisi par son air innocent : un joli visage à fossettes qui n'osait pas me sourire, des cheveux blonds mi-longs, la coupe au carré à la mode qui m'a rappelé une certaine chanteuse, reine du hit-parade. Très prude… la fille ! Elle voulait faire sa sévère avec moi ! Elle me toisait d'un regard glacé de comédie qui m'a donné aussitôt la suprême envie d'y insuffler un peu de chaleur… En fait, c'était l'innocence même, et quelle politesse !

- Vous êtes bien… Monsieur Rigal André ?

Elle m'a susurré ça d'un air tellement charmant !

- Affirmatif, ai-je répondu, martial, le torse en avant !

J'étais dans mon rôle de fort des Halles… Je sortais du boulot et je sentais le mâle, le vrai, celui qui pue la sueur ! J'étais en jeans serrés… Je n'avais pas de ventre à l'époque… Un gros ceinturon retenait mon froc qui n'en aurait pas eu besoin… Un marcel bleu-marine constituait le haut de mon costume… Une poitrine velue de poils bruns se devinait au-dessus. J'arborais des biceps d'haltérophile. Sur mon épaule gauche était tatouée une tête de lion montrant ses crocs… Avec tous ces virils arguments, j'étais certain de la faire craquer ! Mon regard bleu-acier la transperçait.

Elle me zieutait par-dessus ses lunettes qui finissaient de lui donner un air de sainte-nitouche à mourir de rire. J'étais assis sur le bord de la chaise prêt à sombrer… à tomber amoureux fou de ma tortionnaire…

Elle alla chercher mon dossier qui se trouvait dans le tiroir du bas d'une armoire métallique. Je l'ai suivie des yeux… Quand elle s'est baissée, j'ai admiré son innocent popotin et, à cet instant précis… pour la première fois de ma vie – tu ne me croiras pas, mais c'est pourtant la simple vérité ! - je suis tombé amoureux !

Elle est revenue à son bureau, s'est assise et, avec de jolies petites mains aux ongles parfaitement vernis, a ouvert mon dossier. Son minois voulait être d'une sévérité exemplaire… J'aurai dû avoir peur ! Je n'y arrivais pas tellement je me marrais intérieurement, tant j'étais persuadé de ne faire qu'une bouchée de la petite blondinette, inspectrice des finances de son état… et dont le joli popotin m'avait ému jusqu'à la moelle !

- Vous êtes fort des Halles !

- Oui ! Fis-je en me redressant. Plus précisément, je donne un coup de main à vider un camion… de temps en temps…

- Vous ne faites aucune déclaration !

- Pourquoi faire ? Pourquoi, déclarer des clopinettes ?

- J'entends bien… Mais, j'ai là une lettre anonyme qui dit que vous êtes le patron d'une flotte de camions… que vous travaillez sans facture… et en plus… que vous seriez le proxénète d'une certaine Hortense Ruissiégous !

Je me marrais bruyamment…

- Vous en avez d'autres plus marrantes encore ? Hortense, je la connais… C'est notre copine… On boit un verre avec elle… De temps en temps, je monte avec elle… Vous êtes aussi au courant ? Quand on est un vieux célibataire comme moi, il faut bien se vider les burnes de temps en temps ! N'est-ce pas mademoiselle ?

- Je ne sais pas !

- Je vous l'apprends… Notez-le dans votre dossier… C'est important ! Parce que ça finit par coûter cher ! J'ai dû oublier de vous verser la T.V.A ? Quel est le salaud qui vous a écrit de telles âneries ? Dites-moi son nom que j'aille lui péter la gueule….

- La caractéristique d'une lettre anonyme, c'est qu'elle n'est pas signée !

- C'est dommage, j'aurais aimé boxer ce salaud…

Le nez sur le dossier, elle réfléchissait. Silence ! On entendait les mouches voler…. Visiblement, elle était dans une impasse. Elle soupira…

- Bien, je vois que votre dossier n'avance pas… Nous enquêtons et vous feriez mieux de vous mettre en conformité avec la loi !

Elle se leva et me raccompagna jusqu'à la porte…

- J'ai été charmé de faire votre connaissance… Je sais, vous n'êtes pas Hortense, mais j'aimerais tant déguster un verre avec vous…

Saisie, la fille ! Sur le cul ! C'était la première fois qu'un de ses « assujettis » lui proposait de boire un verre avec elle… avec tout ce que cela comporte de suppositions indécentes ! Elle recula de deux pas, me zieuta de haut en bas, réfléchit cinq secondes, et de sa petite bouche en cœur sortit un inaudible :

- Pourquoi pas ?

« Bien ! » Me dis-je. « Allons droit au but ! Battons le fer tant qu'il est chaud ! »

- A quelle heure sortez-vous ?

- Seize heures !

- Je vous attendrai sur le trottoir d'en face et je vous emmènerai boire un verre !

Elle acquiesça d'un petit signe de tête sympa… Dans son sourire et son regard, j'ai cru saisir l'éclair de la ruse du renard. Sûr qu'elle en profiterait pour approfondir son enquête ! Je devais jouer serré…

Je suis passé à ma piaule prendre une douche, chemise blanche et costard. A seize heures tapantes, elle est sortie toute belle et fraîche, recoiffée, remaquillée pour ma pomme ! Je l'ai emmenée dans un salon de thé très smart… Petits fours… La classe… Elle s'est amusée à jouer au chat et à la souris avec moi. Elle était le chat, bien sûr ! Disons une petite chatte qui ne demandait qu'à ronronner dans les bras de la souris… du gros rat inoffensif que j'étais. En bonne tacticienne, elle avançait ses pions, sortait ses griffes (de longs ongles carminés), puis reculait avec prudence, faisant patte de velours. Elle tentait alors une percée. Je pratiquais l'esquive, la diplomatie de l'anguille. Je lui filais d'entre les pattes dès qu'elle tentait de me coincer sur le détail précis, traitreusement exact, d'une lettre dénonciatrice. Une très bonne mémoire entre parenthèses, cette beauté ! Je me marrais sous cape de ses coups de buttoirs répétés qui se heurtaient au mur de mon silence diplomatique.

Pour gagner la partie, je l'ai invitée à boire un verre dans mon « trou à rats. » Atout maître… C'est tout juste si elle ne s'est pas excusée. J'ai fait fort… Ma piaule n'avait pas été aérée depuis un bail… Des remugles de vieux mâle - sueur, urine, humidité - entremêlés affolèrent son odorat. Il faisait sombre, presque nuit… Le lumignon du plafonnier était complètement inefficace et répandait une lumière blafarde, triste à mourir. Le vieux papier se décollait… Les murs suintaient tant le degré hygrométrique était élevé ! Du salpêtre s'était déposé sur le linoléum… et nous étions en septembre par une radieuse après-midi d'une fin d'été très sec…

- C'est ici que vous habitez ?

- C'est ma piaule ! C'n'est pas très salubre mais le petit loyer convient à mes faibles revenus.

Elle a rougi, piquée au vif, l'inspectrice ! Je l'ai invitée à s'assoir sur l'unique chaise branlante tandis que je m'asseyais sur le plumard en désordre. Je ne le refaisais jamais par négligence ou parce qu'à quatre heures du mat', je sautais directement dans mes baskets pour dévaler la pente vers les halles. Pour la remettre de ses émotions, je lui ai servi un whisky sans glaçon… Je n'avais pas encore de frigo ! Son œil d'inspectrice évaluait la qualité des meubles : une vieille armoire à glace de grand'mère, une table de cuisine en formica avec son réchaud électrique à une seule plaque. Bref, un mobilier de pauvre zigue ! Elle était gênée, croisait et décroisait ses magnifiques genoux en baissant les yeux… Elle n'osait plus me regarder en face ! J'ai ajouté d'un ton ferme de fier à bras :

- Les gens qui écrivent des lettres anonymes devraient être châtiés ou châtrés !

- C'est innommable, convint-elle… Et pourtant, vous savez… nous en recevons tous les jours…

Alors, j'ai profité de son embarras et de la détente provoquée mon ami Johnny Walker… Elle a capitulé corps et âme dès ma première approche à pas feutrés… et la petite chatte a ronronné sans scrupule sous mes douces caresses… Je l'ai rodée une première fois très gentiment et très classique, ce qui l'a laissée toute rougissante avec des étincelles fulgurantes dans son regard d'une bleutée océane.

Je l'ai raccompagnée jusqu'au métro Place Clichy. Un petit bisou sur ses joues roses !

- A vendredi prochain !

- D'accord !

Toute la soirée, j'étais hilare ! Je n'arrivais pas à me calmer. Je riais tout seul, partout, dans la rue, sur les boulevards tellement que j'en avais mal au ventre. J'entrai boire une limonade dans un café… Je riais toujours. Les gens me regardaient drôlement. Certains pensaient que j'étais fou, d'autres que j'avais trop bu. Je suis rentré dans ma piaule et je crois que j'ai eu beaucoup de mal à m'endormir… J'eus le sommeil léger cette nuit-là. Quand je me réveillai, je me marrais encore…

On se voyait tous les vendredis. Je ne sais pas pourquoi elle tenait à cette périodicité très raisonnable de jeune femme bien organisée… J'acceptais sans sourciller et notre soirée commençait par une bonne table de la Place Clichy : Le Wepler, ou Charlot Premier, arrosée au Champagne. Dès la première coupe, elle se détendait. Sur sa bouche en cœur se développait un large sourire, montrant ses jolies petites quenottes toutes blanches et bien alignées. De magnifiques fossettes au niveau des joues lui donnaient un charme enfantin. Détendue et amicale, plus du tout dans son rôle d'inspectrice, elle caquetait alors avec aisance, cette cocotte ! Je l'écoutais bouche bée, fasciné par tant de grâces. J'étais amoureux et je lui expliquais que je faisais des heures supplémentaires pour pouvoir lui payer une sortie digne d'une fonctionnaire des impôts. Elle était aux anges !

Puis nous passions dans ma piaule que j'avais aérée, désodorisée etc. Je demandais à la pipelette de faire le ménage, de refaire le lit (et même de changer les draps !) et d'acheter un gros bouquet de roses rouges… Je gambergeais, me dessinais un destin d'honnêteté et de travail, de déclarations administratives aux impôts, à l'URSSAF, aux ASSEDIC, etc. en trois exemplaires bien sûr… Je me voyais déjà en rond de cuir bedonnant derrière un bureau… rouspétant après ses camionneurs toujours en retard !

Parallèlement, je continuais son éducation… En cinq séances, je lui ai appris toutes les positions, tout le savoir-faire que m'avait enseigné Hortense en dix ans… Comment une femme pour montrer son engouement, bombe le torse, les seins en avant ! Comment elle cabre ses reins pour susciter le désir ! Très bonne élève cette petite blonde à la coupe au carré impeccable, au teint rosé, aux fossettes craquantes de sainte-nitouche ! Je dois le dire et quelque part, encore une fois, la féliciter…

Le sixième vendredi, elle n'est pas venue… J'ai été trainé du côté de son bureau plusieurs fois… Je ne l'ai jamais revue… Je suppose qu'on lui a déconseillé une telle fréquentation qui sentait trop le soufre… Ou alors, ils l'ont mutée. C'est très en vogue dans l'administration quand une fonctionnaire s'éprend d'un assujetti ! J'en ai fait mon deuil assez vite, poussé comme le bateau ivre (d'Artur… le poète) par le vent de l'action et de l'aventure…

J'ai été tranquille un moment, six mois, un an, je ne sais. Je savais que la traque reprendrait un jour, tant « ils » ont de la suite dans les idées…. « Ils » ont nommé un jeune inspecteur très coriace, fouineur de première catégorie : l'emmerdeur légal, tatillon à souhait, titilleur de première catégorie et collant… comme de la glue ! Ce pâlot élevé au jus de navet s'est accroché à mes basques comme une sangsue… Il avait l'œil bleu-acier qui me rappela les moments les plus noirs de notre histoire nationale. Ce prévaricateur, gabelou du roi à l'ancienne, en costard et cravate rouge, essayait de me cerner grâce à son réseau de traitres et de dénonciateurs en tout genre. Pendant plus d'un an, j'ai été poursuivi par ses interrogatoires, ses insinuations, ses tergiversations. Il se parait d'une sévérité de circonstance qui ne m'a jamais impressionné. J'étais tout juste tracassé par son assiduité à m'espionner sans relâche. Aucune preuve ne lui a permis de porter l'hallali final. Sa traque a été un échec retentissant… Frisant la dépression, « porté pâle » pour cause d'inefficacité dans ses résultats, il a été relevé…

Ouf !

LA TRAQUE : SECONDE PHASE.

.

Après une nouvelle pause, la chasse à l'homme a repris. « Ils » s'y sont remis à plusieurs. Une brigade de tortionnaires légaux étaient à mes trousses, analysaient mes faits, mes gestes ! J'étais épié, filé, scruté, observé, analysé, fouillé…

Bref ! Une armée de mercenaires affamés m'assiégeait en permanence.

Ils ont visité mon « trou à rats » plusieurs fois à la recherche de papiers… Or, à cette époque antédiluvienne de la préhistoire de l'informatique où l'ordinateur et son disque dur étaient dans ma tête, j'étais un précurseur car j'avais déjà inventé le magnifique principe avant-gardiste : zéro papier ! Ecolo avant les autres le Dédé ! Par conséquent, il n'y en avait pas, même pas de papier journal ! Les fouineurs se sont contentés du papier-cul !

« Ils » ont réussi à pénétrer chez Hortense malgré ses cris, ont biglé ma pute, reluqué dix fois son popotin qu'elle gardait en état malgré son âge et sa retraite proclamée. « Ils » ont reniflé ma couche qui me servait de plumard, ont perquisitionné le moindre endroit à la recherche de vieilles paperasses, toujours les fameux documents qui auraient pu leur servir de preuve. « Ils » lui ont fait ouvrir son coffre-fort qui, par miracle, ne contenait que de vieux bijoux, héritage de sa grand'mère… Ce n'était qu'un coffre-fort d'apparat, bien volumineux et blindé comme un char d'assaut, dont le rôle principal était d'attirer et de leurrer les cambrioleurs, les malfrats et les agents du fisc. Le trésor d'Hortense, plus discret, était dissimulé sous d'anodines lattes de parquet avec mon « gun » et ses munitions…

Pas le moindre papier dans cet appartement ! Un désert de paperasse à faire hurler de rage une meute de fonctionnaires affamés ! A croire qu'ils sont « papiphiles » ou papivores, comme des cafards et autres insectes rampants et nécrophiles !

J'en rigole encore : Toujours perdants, sans le moindre dix de der et à jamais capot, les zigues !

« Ils » sont descendus chez notre ami le ferrailleur-carrossier de la Porte de Montreuil, se sont étonnés de sa générosité à mon égard, l'ont toisé de leurs soupçons et de leur mépris, ont fouillé dans sa comptabilité en règle, tenue par sa femme… Ils ont photographié les camions, ont osé s'assoir à mon volant, peut-être pour ressentir les frissons qui vous envahissent quand le moteur ronfle, autrement dit, comme c'est grisant de conduire un camion semi-remorque avec trente tonnes au cul !

Devant tant d'efforts et de persévérance, je commençais à me lier d'une amitié factice avec les plus complaisants et espiègles d'entre eux… sans me départir d'une grande méfiance ! J'envisageais déjà d'acheter ma tranquillité en trouvant une légère faille dans leur incorruptibilité légendaire…

Mais, hélas…

Quand ces cyniques bassets avec leurs tronches de professionnels objectifs, ont accumulé suffisamment d'indices, de témoignages de faux-culs toujours très anonymes, après différents épisodes burlesques - pas pour tout le monde, je te l'assure… et en tout cas pas pour moi - ils m'ont accusé de fraude fiscale. Oui ! « Ils » ont osé – ils ne manquaient pas d'air ! - avec leurs petits bagages de présomptions… de culpabilité… maquillées en pseudo-preuves !

Je me suis retrouvé « la gueule enfarinée », je dois l'avouer, au tribunal… On m'accusait de chapeauter six sociétés… pas moins que ça, d'autant plus anonymes qu'elles n'étaient déclarées sur aucun registre du commerce, ne payaient aucun impôt, ni taxe, ni redevance à qui que ce soit, ni aux ASSEDIC, ni à l'USSAF, ni aux autres organismes dont j'ignorais l'existence et jusqu'aux noms… De leur point de vue, un travail de fourmi, d'assiduité et de patience : en un mot du très beau travail, méritant une médaille et de l'avancement !

Du mien… de l'inconsistance, de l'ignominie, de l'infamie, de la trahison, de la dénonciation en paquets… La jalousie des bassets mêlée à l'incommensurable bêtise humaine !

Le président du tribunal dans sa grande sagesse, n'y est pas allé par quatre chemins ! Dans son jugement, après les nombreux… « Attendu que » … son verdict a commencé par le plus bénin :

1/ Il m'a privé de mes droits civiques !

Sur mes lèvres s'est dessiné involontairement un sourire narquois… Je ne m'étais jamais inscrit sur une liste électorale et par conséquent je n'avais jamais voté…

J'attendais la suite, mais dans l'instant… sur le coup, j'ai cru à la clémence de la justice !

2/ Il m'a rayé, à vie, de tous les registres de commerce de France et de Navarre, si par hasard elle existe encore ! C'est-à-dire que je n'avais plus le droit d'être le patron ou le gérant d'une entreprise… Ce qui m'arrangeait vu que j'avais horreur de déclarer quoi que ce soit…

Le juge avait compris toute ma phobie administrative ! J'ai ajouté un bon point à sa clairvoyance... Tout avait l'air de se passer comme je l'entendais !

3/ Il m'a collé une amende vertigineuse... Comme je n'étais pas solvable... que je n'avais pas de compte en banque, ni livret de caisse d'épargne... la confiscation de tous mes biens... Je n'avais rien à moi, sauf une rutilante DS dix-neuf Citroën qui avait succédé à la traction « quinze ». J'en faisais mon deuil... Ma prochaine bagnole je la mettrais au nom d'Hortense ! Je commençais à penser que j'étais tombé sur un type sympa... Quand il annonça à l'assemblée et surtout à moi-même, avec un petit sourire en coin, son plat de résistance :

4/ Une peine d'incarcération de huit ans avec mandat de dépôt... c'est-à-dire incarcération immédiate...

Alors là, je l'ai eu sévère, ma peine. Je ne m'y attendais pas. Quelques instants auparavant, je jouais encore au mariole innocent ! Quelle ne fut pas ma surprise ! Saisi, K.O le Dédé ! J'en ai eu les larmes aux yeux !

Je me retrouvais le soir même à la Santé !

LE PLACARD

La subite sévérité du juge m'a désemparé. Jusqu'au dernier moment, j'ai pensé qu'on me jouait un vilain tour, que tout cela n'était qu'un jeu dont je serai comme toujours le gagnant. Même pendant l'énoncé du jugement, je souriais devant toutes les simagrées de ces pignoufs avec leurs têtes et leurs costumes d'enterrement ! Elles n'étaient qu'une mascarade et j'étais certain que je m'en sortirais encore une fois la tête haute par un acquittement pour manque de preuves ! Cet éminent magistrat ne connaissait certainement pas le doux mot « clémence » ou même l'excellent terme « bénéfice du doute » ! Je suis tombé de haut : d'un optimisme invétéré qui me peignait ma vie en couleur au pire des pessimismes qui m'enterrait dans un noir cachot sans même un petit soupirail pouvant me distiller une petite lueur d'espoir ! J'ai frôlé la déprime, la sinistrose… J'ai chanté dans le panier à salade qui me brouettait vers la « Santé » la chanson de Johnny avec l'accent de la sincérité : « Noir, c'est noir ! Et gris, c'est gris ! » Pour la première fois, j'ai senti la signification de ces quelques notes de vrai désespoir. Dans cet état d'esprit, c'est la tête basse que j'ai suivi mes geôliers, menottes aux poignets, car je croyais que c'était l'enfer : la privation de liberté !

Heureusement mes camarades de cellule m'ont secoué… J'étais le quatrième, ce qui leur permettait de jouer à la belotte. Ils m'accueillirent avec des cris d'enthousiasme et de grandes tapes dans le dos. J'en fus tout de suite réconforté. Ils ont vidé une bouteille de rosé en mon honneur, bouteille passée en contrebande et soigneusement cachée derrière des fagots virtuels… Nous nous affrontâmes dés le lendemain dans de vastes parties rigolardes… Les perdants payaient leur bouteille. Quelques heures ont suffi pour que je m'adapte à cette nouvelle donne et pour que je retrouve mon optimisme légendaire !

Des sentiments de culpabilité ne m'ont jamais atteint pendant cette longue incarcération. Je n'ai jamais éprouvé de remords, ni l'angoisse du coupable. Le seul sentiment qui m'ait atteint, était celui de la légèreté de l'innocent… Pour moi, c'était « la société » qui était coupable d'émettre tant de lois, tant de règlements, taxes et impôts divers qui entravaient le travail des pauvres bougres qui n'avaient pas pu accéder à une instruction suffisante pour se dépatouiller dans ce fatras de réglementations et d'administrations... D'ailleurs, dans ma cellule, j'ai été longtemps le plus diplômé avec mon certif d'étude ! Cependant, aucun sentiment de haine ou de vengeance vis-à-vis de la « société » ne m'a jamais effleuré. J'avais contrevenu la loi ; j'étais puni... C'était normal !

J'ai rapidement pris mon mal en patience. J'arrosais largement les matons qui me fournissaient en « pipes » et whisky. J'offrais des cigarettes aux gars lors de la promenade quotidienne. Hortense, mes frères, les copains me rendaient visites selon les limites autorisées par l'administration... Les affaires continuaient de prospérer à l'extérieur sans mon intervention que ce soient les transports, les restos, l'hôtel... D'après eux, j'n'avais pas à m'en faire et avec le paquet d'oranges, ils me laissaient une petite enveloppe d'argent de poche...

Dans la cour de récréation, y'avait un type bizarre que j'avais vu quelque part... Quand je le regardais, il levait les yeux au ciel d'un air de me dire : « On ne se connait pas... » Pourtant son visage ne m'était pas inconnu. C'était surtout son profil qui titillait mes souvenirs ! J'ai longtemps pensé que c'était un type que je croisais aux halles, une connaissance, peut-être un client... Mais non... Cette hypothèse ne me convenait pas. Une nuit d'insomnie, parmi le concert de ronflements de mes camarades codétenus, une étincelle d'intelligence fulgura le pauvre disque mou qui me servait de cerveau : c'était le gonze qui m'avait contacté pour enlever Ben... je ne savais plus bien quel Ben d'ailleurs... Disons Ben Machin ! J'ai soudain compris son air navré quand je le zieutais ! J'entravai pourquoi il ne voulait pas que je lui parle... Il était pisté, le zigue ! Certains matons avaient ordre de l'espionner, d'écouter les conversations qui se disaient autour de lui... Je ne l'avais pas reconnu au premier abord parce qu'il avait changé de costard. Il avait troqué son élégant trench-coat pour les habits crades du tolard ordinaire... C'était pour cette raison : Il avait moins fière allure qu'avec son costard de proxénète, c'est vrai !

La tentation a été la plus forte : Un jour, mine de rien, je me suis assis auprès de lui dans la cour de récré... Il m'a susurré :

- Barre-toi ! On ne se connait pas !

Il s'est levé pour se dégourdir les jambes... J'ai entravé que c'était grave, qu'« ils » l'avaient dans le collimateur... Mais, je voulais savoir pourquoi il avait mérité son placard... Une sorte de mystère entourait ce zigue. Alors, une autre fois, je lui ai soufflé :

- Pourquoi t'es là ?

- Pour rien ! Presqu'une babiole... Cinq ans pour proxénétisme !

Ouf ! J'étais rassuré ! Ce n'était que de la tôle ordinaire dans la corporation ! Je ne me suis plus jamais rapproché de lui ! Il schlinguait trop le soufre !

Les journées étaient longues… Je me suis inscrit à l'atelier de reliure. Le travail consistait à rénover des livres anciens dont la couverture et le dos étaient usés. Ce n'était pas pour le gain, mais pour m'occuper. Après une quinzaine de jours de formation, je suis devenu relieur… Je lisais souvent le premier chapitre, curieux quand même, des contes à dormir debout qui avaient germé dans la cervelle égarée des auteurs classiques. C'est là que je me suis dit que mon histoire valait bien les leurs, qu'elle était beaucoup plus passionnante et plus vivante que leurs pâles romans où il faut attendre cent pages avant de trouver une bonne baise récréative… quand il y en a une !

Je mettais un bémol à cette généralisation un peu hâtive quand je suis tombé sur les « Misérables… » Je tire mon chapeau à ce Victor Hugo qui m'a donné envie de sortir de prison la tête haute et comme son héros, monsieur Madeleine ou Jean Valjean, aider mon prochain ! N'avoir qu'un seul but : rendre service ! C'était déjà ce que je faisais avant d'ailleurs… Mais… soi-disant illégalement !

Dans la cour de récré, d'étranges bruits très exagérés couraient sur ma pomme… On disait que j'avais été le porte-flingue de Francis le Belge avant de rompre avec lui et de devenir le chef d'un important réseau mafieux. On disait que je faisais partie de la haute, de l'aristocratie de la pègre… Les gars me respectaient, me saluaient bas quand ils me croisaient. Je laissais dire et je rigolais sous cape. On me demandait d'arbitrer des conflits, petites disputes de voisinages, de tricheries au poker ou autres. Je morigénais les emmerdeurs, les empêcheurs de tourner en rond. Il a suffi que j'en prenne un par le colbac en lui promettant l'enfer pour calmer tous les autres. Même les matons me respectaient : ils m'appelaient « Dédé » d'une voix douce et mélodieuse, presque maternelle pour ne pas heurter mes tympans, en me souriant d'un air complice !

Cependant l'espace, le grand air me manquaient… Chaque nuit, je rêvais de couchers de soleil sur l'océan dans un ciel orangé, de femmes nues courant sur une plage de sable fin et doré… Je revoyais la ferme parentale dans son écrin de verdure et les couleurs vives de l'automne sur la forêt toute proche… Je me rappelais le discours moralisateur du bon curé d'Orlhaguet et aussi de sa fameuse croisée des chemins… Ce radiesthésiste, en promenant son pendule au-dessus de ma tête, avait-il lu comme dans un livre, ce qui s'y mijotait ? Je compris soudain pourquoi, il m'avait presque chassé de son presbytère :

« Vade retro satana. »

Il s'en était fallu de peu pour que je l'entende et que je prenne le bon chemin, celui de droite…. J'avais pris celui de gauche par facilité… et par bêtise ! Quelque part, je le regrettais, je m'en voulais à mort de m'être laissé tenter par le diable incarné sous la forme d'une certaine Hortense…

D'autres nuits d'insomnie, je résonnais : Il était impossible que le « mage » d'Orlhaguet, ait pu lire mon destin futur avec un simple pendule… Ses pouvoirs n'étaient que de la poudre aux yeux destinée à ensorceler les paysans et surtout les paysannes de mon pays d'origine, toujours prêts à s'enthousiasmer devant des dons occultes, des mystères de la vie auxquels ils ne trouvaient pas d'explication immédiate. Ma logique cartésienne rejetait ces croyances.

L'enfer de « la Santé » a duré presque quatre ans… Ils m'ont relâché pour bonne conduite avec l'envie d'en finir avec l'illégalité !

« La santé » m'avait guéri, du moins je le croyais !

ENFIN LIBRE

Un beau matin de printemps, - ô le joli mois de mai ! - un peu frais, je me suis retrouvé, tout ébahi, de l'autre côté des murs, rue de la Santé. La première chose que j'ai vue, est cette perspective que les peintres montmartrois cajolent et dont, jusqu'à ce jour, j'ignorais l'existence ! Ah ! La longueur d'une rue, fut-elle « de la santé », a quelque chose d'étonnamment prodigieuse pour un tolard retenu entre quatre murs pendant quatre ans… Elle vaut bien celle des Champs-Elysées avec, à son summum, l'Arc de Triomphe, et dans le lointain brumeux, la Défense et son arche…

Je n'ai pas voulu quitter cet inoubliable quartier sans un dernier adieu (qui n'était, cependant, qu'un au revoir ! Mais je ne le savais pas encore…) J'ai avisé le bar « A la bonne santé » qui s'imposait juste en face… Je suis entré impatient de retrouver le goût subtil de l'arôme arabique qui m'avait tant manqué... Celui-ci a agréablement taquiné mes narines avant d'enchanter mes papilles gustatives ! Puis les rillettes avec le pain frais, la petite baguette croustillante arrosée d'un demi de bière... Je retrouvais tous les plaisirs ordinaires dont j'avais été privé pendant quatre longues années...

Puis j'ai voulu traverser Paris à pied le nez au vent pour retrouver l'usage de mes jambes et la griserie des longues enjambées dans le petit matin frileux ; je m'émerveillais d'un rien, le regard tourné en l'air vers l'azur du ciel, vers les frondaisons vert tendre, couleur de printemps des érables des boulevards. Je m'enthousiasmais des moineaux qui voletaient de branche en branche ! J'écoutais leurs petits pépiements de bonheur... J'étais curieux de tout, des changements, des nouvelles voitures, guettant les femmes, admirant leurs popotins serrés dans des jeans moulants ou des jupes droites, avec la musicalité des hauts-talons trottinant d'un pas souverain et pressé sur le macadam... Mes oreilles étaient charmées jusqu'à l'extase par ces petits ploc-ploc-ploc cadencés et rythmés avec élégance...

Après une heure de dilettante flânerie, j'arrivai dans mon quartier des Halles... Et là, quelle mauvaise surprise ! Le silence, le calme ! « Ils » avaient déménagé mes « Halles » à Rungis ! Je le savais pourtant... Mon cortège de visiteurs m'en avait informé ! Mon cœur n'avait pas voulu le croire ! Mon « Moi » profond avais rejeté cette hypothèse : Le quartier des Halles sans la bouffe, sans les camionneurs, sans les cris, sans l'ambiance du troc et des échanges qui font l'humanité ! Tout avait changé. « Mon » quartier me faisait la gueule avec toutes ses vitrines ridicules de fringues, de souvenirs et le « pompom » incroyable des bas-fonds : les sex-shops !

Je ne connaissais plus personne… J'ai eu un instant l'impression d'être seul au monde… J'ai éprouvé le vertige de la solitude, de l'exil dans un monde qui m'était devenu inconnu ! Qu'étaient mes amis devenus ? Les vaches, « Ils » avaient tué mon quartier, le ventre de Paris, ma vie !

La capitale était privée de ses entrailles, de son ventre et, même de son cœur battant et transpirant !

Je me dirigeai vers l'hôtel d'Hortense. Elle était derrière son comptoir toute défraîchie et vieillie. Je l'embrassai… Elle puait l'alcool !

- Tu bois trop, lui dis-je sévèrement.

- C'est pour me consoler de ton absence !

- Alors, tout va bien ! Tu vas pouvoir arrêter !

- Ils t'ont lourdé ? Tu étais devenu une charge trop encombrante pour la pénitentiaire ?

- Je suis remis en liberté provisoire pour « bonne conduite » !

Elle se marra.

- Alors toi ! Toujours une blague qui pousse la précédente !

Depuis le grand déménagement, le quartier vivotait. On se réorientait vers le tourisme… Le quartier de Beaubourg était en travaux… On entendait les bulldozers s'affairer dans le lointain.

- Les ouvriers du bâtiment ont remplacé les camionneurs. Les putes sont toujours aussi actives ! Mais après, quand ils auront fini « leur Beaubourg », tu crois qu'on fermera boutique ?

- Bof ! De toute façon, « ils » en ont pour quatre ou cinq ans, sinon plus !

Je la consolai de mon mieux.

Je la sentais lasse, désabusée, pessimiste.

- Je t'en prie, retire-toi. Mets un gérant et reste à la maison !

- Non, j'aime trop ce va-et-vient ! Chez nous, je vais mourir d'ennui. Je préfère la vie derrière ce comptoir !

Nous sommes allés déjeuner chez Viktor. J'y étais un peu chez moi, vu que, pendant mon incarcération, il avait « oublié » de me verser les dividendes qui m'étaient dus. J'ai eu un accueil des plus chauds, des plus fraternels ! Tout le monde voulait m'embrasser. On aurait dit que je rentrais des camps de la mort… J'ai joué le jeu du « prince de la pègre » qu'on avait enfermé en toute injustice :

- Champagne pour tout le monde, ai-je crié à la ronde !

Il y eut un cri unanime de bienvenue, des applaudissements, des commentaires élogieux, puis un concert de bouchons qui pétaient au-dessus du brouhaha. Les bulles pétillèrent au fond des flutes. Les nouveaux demandaient qu'on leur raconte mon histoire ! Comment, par quelle injustice du sort, pouvait-on placarder un type aussi sympa pendant quatre ans ?

Après trois flutes, je me le demandais aussi ! J'étais persuadé d'avoir pris le bon chemin, celui de droite… que la « Santé » m'avait régénéré, blanchi, lavé de tout soupçon ! J'avais encore envie de rendre service à mes frères, les hommes de toutes les nations… J'étais prêt à me jeter corps et âme dans une nouvelle vie d'aventures risquées… au service de mes concitoyens !

LA REHABILITATION.

J'avoue que pendant une quinzaine de jours, je n'ai pas eu ni l'envie, ni le goût de me remettre au boulot… J'étais mou. Mes muscles avaient fondu. Je ne me voyais plus du tout déménager un piano ! C'était comme-ci « ils » m'avaient nourri au jus de limace derrière les barreaux… Je trainais ma carcasse amollie et mes savates dans Paris ; j'allais de quartier en quartier, de bar en bar, causant avec les inactifs : chômeurs, retraités ou dilettantes.

Les copains, les amis me laissaient digérer ma langueur, cette sorte de lassitude qui vous habite et vous domine. Ils me faisaient confiance : j'en serai vite guéri ! Et le Dédé d'antan se régénérerait de lui-même !

L'étincelle s'est produite quand j'ai décidé de rendre visite à notre siège de la Porte de Montreuil. Le carrossier-ferrailleur et ses aides m'ont reçu à bras ouverts… J'étais un héros pour eux… Ils se sont arrêtés de travailler, ont essuyé leurs mains pleines de cambouis aux chiffons qui pendaient à leurs ceintures et m'ont, tour à tour, serrés dans leurs bras… Nous sommes tous allés au bureau pour arroser ça et discuter un long moment. Mes quatre ans de prison étaient une référence ; pour eux, une sorte de légion d'honneur. J'étais auréolé des palmes académiques de la pègre. De plus, ils étaient certains qu'on m'avait injustement placardé… Cet accueil m'avait un peu remonté le moral, insuffisamment encore !

Je suis tombé en pamoison devant un rutilant camion semi-remorque Volvo flambant neuf, avec les couchettes, la radio, le chauffage… Le confort quoi ! Mon frère Mathieu venait de se payer ce magnifique engin à crédit, bien sûr… Neuf, magnifique… Mais, en toute logique… cher ! Il était fini le temps où on se baladait avec de vieux Berliet pourris qui avaient fait la guerre, qu'on auscultait chaque matin avant de partir, avec soin, de peur qu'il nous joue un tour du genre : tomber en rade ou même rendre l'âme sur le bord de la nationale sept !

Béat d'admiration, le Dédé, devant le super camion semi-remorque !

L'entreprise de transport avait fait de cet espace son domicile. Non seulement les camions « de congé » garaient toujours ici, y étaient entretenus, mais en mon absence, un local spacieux avec bureau, bar et salle de repos avait été construit. Mes ennuis judiciaires avaient obligé mes associés à évoluer profondément vers la légalité. Chaque gars était propriétaire de son camion… Une secrétaire répartissait les tâches, s'occupait de la comptabilité officielle… Je n'étais plus rien dans l'affaire ; finalement, je ne m'en portais que mieux…

Quand j'ai vu la secrétaire, une blonde élancée, avec du bonheur dans le regard, une étincelle a fulguré mon esprit, mon âme et mon cœur… J'ai eu subitement l'envie de reprendre la route… La bonne route ! Je me suis présenté en lui tendant la main :

- André Rigal !

- Ah ! C'est vous « Dédé » ! Le grand Dédé… Le vrai Dédé en chair et en os ! Le Dédé légendaire ! Depuis que j'entends parler de vous, je suis heureuse de mettre enfin ce « petit nom » sur un visage… sur votre grande carcasse ! Vous êtes plus qu'une légende ici ! Il n'y a pas un apéro où on ne raconte un de vos exploits !

- C'est à ce point ? J'en suis très flatté ! Mais, s'il vous plait, tutoyez-moi et appelez-moi « Dédé » comme tout le monde !

- O.K, moi, c'est Josiane… On est fait pour s'entendre ! Quand reprends-tu du service, j'ai du boulot pour toi… Dédé !

- Je ne peux pas dire non ! Ni au boulot, ni à une belle fille !

C'était une blonde magnifique à l'esprit vif, de la quarantaine, montée sur roulements à billes… Encore plus magnifique que le Volvo Truck garé dans la cour ! Je veux dire par là qu'elle avait du répondant un peu partout, à l'avant comme à l'arrière, de bons pare-chocs ! Et ça me plaisait bien… Elle avait un côté directrice, commandante de bord… Souriante mais sévère… pour sado-maso en perdition… me disais-je… peut-être ! Et, l'imbécile que j'étais devenu à l'instant même… à cause de tous ses charmes rassemblés en une seule personne, s'est dit : « Après tout, pourquoi pas ? J'en ai marre des midinettes ! »

Elle s'est redressée avec dignité et fierté, seins en avant, croupe en arrière, a recalé sa paire de nichons dans son soutien-gorge… et m'a regardé droit dans les yeux. C'était un regard froid qui voulait dire : « Tu as beau être le Dédé légendaire, je n'accepterai aucune domination venant de toi ! Ici, c'est moi qui suis aux commandes. Je peux me contenter, à la rigueur, d'une égalité entre nous ! »

A cette franchise, je lui ai souri de cet air complaisant qui lui répondait : « Pourquoi pas ? Ce deal me convient ! »

J'avais devant moi, en plus de sa beauté physique, une femme de tête. Cette solidité me plut d'emblée. Elle était mon complément. La femme qu'il me fallait pour m'accompagner sur le chemin de ma rédemption…

J'ai compris tout de suite que ce chemin serait long… « Long is the road » ! Nous, les routiers, on sait trop ce que c'est ! La rédemption ne s'achète pas ! Il faut la mériter, prouver qu'on est redevenu un type honnête… Il faut de la patience et surtout de la persévérance… parce que les démons sont toujours présents ! Ils sommeillent en nous, en attendant le moment opportun pour ressurgir plus forts que jamais… Il ne suffit pas d'en être conscient pour résister à leurs attirances !

Je me tenais devant elle comme un toutou tendant la patte : Ma première leçon fut une leçon de légalité… Elle me montra les registres de recettes et de dépenses de chaque entreprise, m'affirma qu'elle en avait marre des magouilles, que certains continuaient malgré ses rappels à l'ordre, de travailler parfois au noir…

Nous descendîmes ensemble boire un café au bar. J'essayais de faire le sympa, de placer d'emblée des jalons le long de la longue route pleines d'embûches qui m'attendait… Elle a tout de suite compris mon manège et j'ai pris ma deuxième leçon !

- Je suis divorcée depuis un moment. Mon mari me trouvait « chiante », et un jour, il en a eu marre et il s'est barré avec pour tout bagage sa petite valise, en oubliant les gosses ! Je concède que, quelque part, il avait raison : je sais que je le suis ! Je l'admets et je l'assume ! J'ai deux garçons à finir d'élever, quatorze et seize ans. Aussi il y a une règle à laquelle je ne dérogerai jamais, c'est celle qui sépare le travail de la vie sentimentale. Au boulot, je suis dans un milieu d'hommes. Par conséquent, les occasions ne me manquent pas ! Les camionneurs sont des hommes virils ! Et j'aime ce milieu franc et rigolard… Mais pour ce qui est de la bagatelle… Je dis halte là ! Malgré mes appas dont je suis consciente, je dis : « Pas question les gars ! Je ne suis pas une poupée ! »

Bon, j'étais fixé… Je me suis dit : « Dédé, tu remballes ton matériel, tes gros sabots, ton baratin et tout le tintouin… et tu vas te faire voir ailleurs ! »

Bon, je ne suis pas le gars à m'avouer vaincu à la première escarmouche. Elle n'en n'avait que plus de valeur… J'en rêvais la nuit, la queue à la verticale… Cette histoire m'a redonné du « peps » … Je n'aime pas qu'on me résiste… « Dédé, tu vas te secouer… D'abord, il faut que tu reprennes du muscle » !

J'ai réfléchi que c'était le genre de femme – chiante comme annoncée, je le concède - qui m'aiderait à reprendre le bon chemin, celui du bon curé d'Orlaghet ! Avec elle dans mon lit, j'étais certain d'être à l'abri des tentations, des magouilles et des tarambouilles que la fatalité ou mes propres démons allaient me proposer bientôt…

La conquérir était une entreprise honnête et salvatrice ! Certes, je partais avec le lourd handicap de mon curriculum vitae ! Une légende difficile à gommer ! Maquereau ! Eh ! Oui, je l'étais toujours un peu ! Ancien tolard ! Passé sulfureux inavouable et indicible… Les raisons d'effaroucher cette femme d'une pointilleuse honnêteté, étaient légions ! Je mesurai soudain les difficultés afin d'atteindre mon but.

J'ai accepté de conduire un trente tonnes, aller-retour Paris-Marseille avec un collègue une fois par semaine. C'était relaxe… l'autoroute. On nous chargeait du matériel divers destiné à l'exportation. On conduisait chacun notre tour, la musique à fond, les carreaux très souvent ouverts avec l'impression de voir du pays… Déchargement au Fenwick pendant qu'on roupillait, qu'on se restaurait ou qu'on allait se dégourdir les jambes… Décidément les temps avaient changé du bon côté du progrès ! Retour chargé le plus souvent de légumes ou de fruits qu'on allait décharger à Rungis. Une vie un peu trop cool pour moi ! Et pour reprendre du muscle : c'était zéro ! J'ai été obligé de m'inscrire dans une salle de sport et de jouer à l'haltérophile !

A la fin du mois, je palpais ma première feuille de paye de ma vie… Elle avait un parfum de régénérescence et de légalité ! J'avais été obligé d'ouvrir un compte en banque et je possédais un carnet de chèques ! Bientôt le livret de caisse d'épargne et la carte de crédit ! Je me suis félicité :

- Bravo Dédé ! Tu viens de faire un grand pas vers la modernité et la légalité !

Et j'ai pleuré, je crois… pour la première fois de ma vie ! …

LE DECES D'HORTENSE.

J'habitais encore chez Hortense. Malgré mes conseils, quelquefois mes engueulades et mes cris, elle continuait de boire… en cachette maintenant, des alcools forts… Je le voyais. Je le sentais.

J'ai appelé le médecin du quartier. Elle ne voulait pas bien sûr, sachant ce qu'il allait dire et prescrire… J'ai passé outre.

Il l'a examinée et a été formel : Cirrhose hépatique d'origine éthylique ! Seul l'arrêt total et définitif de toute boisson alcoolisée pouvait encore la sauver car sa prescription médicamenteuse n'était qu'adjuvante…

Je l'ai raccompagné en bas. Il m'a dit :

- J'ai bien peur que, même si elle arrête, il ne soit trop tard… Son foie est foutu, cuit, cuit, cuit !

C'était aussi mon impression. Hortense n'arrêterait jamais de boire… Tant qu'elle aurait assez de force pour courir chez l'épicier du coin avec son cabas pour acheter son poison, elle s'intoxiquerait… Je ne dis pas qu'elle n'a pas fait un louable dernier effort… Pendant trois jours, peut-être… elle a cessé ! C'était pour me faire plaisir… Son intoxication était plus forte que sa volonté !

Un soir en rentrant de Marseille, via Cavaillon, je l'ai trouvé baignant dans son sang. Elle l'avait vomi. « Hématémèse » a dit le toubib, appelé en urgence ! Une ambulance l'a transportée à l'hôtel Dieu, tout proche…

Le lendemain quand je me suis présenté à l'heure des visites, on m'a appris son décès dans la nuit…

Sa vie de misère méritait un enterrement de première classe à Saint-Eustache. Le curé, à qui j'avais largement graissé la patte, a consenti à lui faire une petite homélie sympa… Tout le quartier était là par cette froide matinée de novembre. Le beau monde de mes anciens copains, les forts des Halles, les camionneurs, les cafetiers et les restaurateurs du quartier, les putes d'hier et celles d'aujourd'hui, toutes les copines d'Hortense… Même le milieu m'avait honoré de la présence de quelques-uns de ses représentants, en Loden gris et chapeau noir.

Quand j'ai jeté la première pelletée de terre sur son cercueil, au Père Lachaise, la larme à l'œil, j'eus l'impression d'enterrer, avec Hortense, ma vie de proxénète même si je ne l'étais plus depuis longtemps… Hortense ! Elle avait fait de moi un maquereau… Tant qu'elle était vivante, j'avais toujours l'impression d'être en fonction… Sa mort me délivrait du poids de ce remord.

J'étais de nouveau Dédé, l'honnête camionneur ! Ma feuille de route était désormais toute droite : droiture et honnêteté !

La générosité d'Hortense m'avait institué son légataire universel… Elle possédait plusieurs appartements dans Paris bien placés et qui avaient pris de la valeur. J'ai été obligé de tout vendre pour payer les droits de succession. Je pensais pouvoir garder l'hôtel (dont les murs avaient été loués en bail commercial) et l'appartement que nous habitions… quand le fisc s'est aperçu que j'avais encore une ardoise chez eux, il me confisqua l'appart…

Pour finir, il me resta l'hôtel. Il m'offrit de bons revenus mensuels et beaucoup d'ennuis que je raconterai plus tard…

L'héritage d'Hortense avait au moins permis d'assainir mes rapports avec le fisc. Je repartais à zéro avec eux… Plus d'ardoise, plus de suspicion, plus d'enquête. Ce fut un grand soulagement !

Mon chemin d'honnêteté restait pavé d'incertitudes… Je m'y baladais le cœur léger, mais, avec encore beaucoup de casseroles au cul. Malgré ma légendaire insouciance, j'en prenais parfois conscience…

LA BOITE DE NUIT.

Quand mon frère Mathieu apprit mon expulsion de mon appartement, il mit à ma disposition un logement neuf qu'il venait d'acheter à la Porte de Montreuil, c'est-à-dire à deux pas de l'entreprise. Quand je lui proposais de lui payer un loyer, il me rit au nez en jurant qu'il me devait bien ça après tous les services que je lui avais rendus.

La Porte de Montreuil était en pleine fièvre constructrice. Que ce soit du côté de la ville de Montreuil ou du côté de celle de Paris, à la place des vergers et des jardins des maraîchers, des immeubles sortaient de terre et s'ordonnaient en un joli ensemble. Les bulldozers s'affairaient dans un joyeux tintamarre… On avait l'impression que la ville grignotait la campagne avec un appétit de plus en plus grand.

Je venais d'emménager dans mon nouvel appartement et rentrais chez moi avec une baguette de pain sous le bras et ma légendaire casquette sur la tête, quand mon oreille de rustre fut attirée par un trottinement agréable… La musicalité de ce tempo pressé ne m'était pas inconnue. Je ralentis instinctivement curieux de savoir qui en était l'auteure. N'y tenant plus, je me retournais et, oh ! Quelle agréable surprise ! Dans un coucher de soleil jaune-oranger comme il n'y en a jamais eu à la Porte de Montreuil, se profila la silhouette de ma blonde préférée en tailleur bleu-ciel judicieusement caché par un imperméable Burberry : Josiane ! La classe quoi ! Je l'attendis :

- De plus en plus jolie, lui dis-je !

- Arrête ton char, Dédé… Avec moi, ce genre de blague ne marche pas !

- J'étais sincère…

Elle venait aussi d'acheter un appart dans le quartier dans le but de se rapprocher de son travail.

- J'en ai marre de me taper une heure de métro matin et soir. L'entreprise marche bien… Les gars sont courageux et presque honnêtes… Mon emploi devrait être stable ! J'ai profité des prix attractifs pour me payer un quatre pièces flambant neuf…

- Bravo ! Moi aussi, je loge ici, Mathieu me prête son nouvel appart !

J'étais heureux ; mon projet serait plus facile en l'ayant sous la main…

- Tu me feras visiter un de ces jours ?

- Pourquoi pas ? Je me dépêche mes garçons m'attendent…

- Moi aussi… je suis en attente !

Elle se marra en s'enfuyant comme si j'étais le diable en personne…

Ma soirée fut joyeuse ! Les étoiles dansaient dans mon ciel d'amoureux… Je l'avais là, à ma portée, à ma porte ! Je serai toujours prêt à lui rendre service, à réparer ou bricoler quelque chose, à l'aider dans ses aménagements. Le repris de justice allait lui prouver qu'il était maintenant honnête ! Je me couchai et fit de beaux rêves…

Un soir, alors que je m'apprêtais à me mettre au lit de bonne heure - je prenais le volant le lendemain à cinq heures, direction Marseille - Steve, mon neveu, le fils de Mathieu - frappa à ma porte.

Il avait un projet ! Il consistait dans l'achat d'une boite de nuit dans une ville nouvelle : Cergy-Pontoise pour être plus précis… Il me l'exposa en détail. Des instituts universitaires, des facs, des écoles supérieures d'ingénieurs et de commerces s'installaient dans cette ville. La clientèle ne manquerait pas du vendredi soir au dimanche. Il s'agissait de donner un coup de jeune à cette boite un peu démodée. Il l'appellerait « The Blue Lagoon » et la rénoverait dans le style des îles sous le vent : plages, palmiers et cocotiers… Mais voilà ! Les banquiers rigolaient quand il se permettait d'aller les consulter… Son père était endetté jusqu'à la gueule… Moi, seul pouvait l'aider…

Sur le coup, j'ai été fier qu'on s'adresse à moi. Bien que diminué, officiellement ruiné, je restais une sorte de parrain pour la famille et les amis ! J'ai été heureux de pouvoir rendre service à un neveu et j'aurai fait de même, de toute façon, à tout homme courageux et de bonne volonté.

De plus j'avais un tas d'or qui dormait sous ma paillasse ! Je m'explique… Quand j'ai vu que les choses tournaient mal pendant mes contrôles fiscaux, les interrogatoires répétés, que j'étais piégé et mal barré, que tout ça pouvait finir, avec une forte probabilité, par le placard… Hortense m'a conseillé de transformer les liasses de biftons accumulées grâce à mes florissantes affaires, en or, lingots ou pièces d'or, les fameux napoléons et autres. Son raisonnement était d'une simplicité étonnante ! L'inflation courait, montait bon an, mal an, de cinq à dix pour cent… Malgré mon optimisme, j'étais conscient que je pouvais prendre pour cinq à dix ans de tôle… C'était le tarif annoncé par mon avocat ! Par conséquent, pendant cette durée, mes billets risquaient de ne plus avoir cours, d'avoir été amoindris, changés ou renouvelés… J'ai donc acheté progressivement de l'or dans les échoppes du quartier que j'ai planqué chez Hortense. Cinq ans après, le kilo d'or avait triplé. Les raisons en étaient multiples : crises sociales avec recours de la planche à billets en France doublées de crises géopolitiques répétées au Moyen Orient sur fond de pénurie d'or noir et de matières premières… Quelles qu'en soient les raisons, je me trouvais à la tête d'un pactole inemployé… J'étais devenu un spéculateur averti malgré moi…

L'affaire fut entendue avec mon neveu. Un contrat oral juré et craché, nous lia… Il ne devait jamais révéler, quoiqu'il advienne, la provenance des fonds, laissant entendre aux connaissances et amis que les banques avaient été compréhensives à son égard. D'autre part, il rémunérerait mon capital en fonction de ses futurs bénéfices. Une partie de mon stock d'or fut retransformé en monnaie sonnante et trébuchante, et Steve put rénover, puis ouvrir son « Blue Lagoon » !

Pendant ce temps mon histoire d'amour avec Josiane se profilait. Elle m'avait accepté comme ami. J'étais souvent convié à installer des gravures ou des tableaux chez elle, à percer des trous pour accrocher des rideaux à ses fenêtres, à déboucher un lavabo, à réparer une chasse d'eau déficiente. J'étais son homme à tout-faire. J'avais gagné sa confiance et je supputais que, bientôt, je pourrais passer au stade suivant !

Tout naturellement, Steve m'invita à l'inauguration du « Blue Lagoon. » C'était un vendredi soir d'octobre peu après les rentrées universitaires. J'en profitais pour convier Josiane. A ma grande surprise, elle accepta. Nous nous rendîmes à Cergy dans ma nouvelle Mercédès deux cents, diesel, que mes revenus officiels (ma paye de routier et le loyer de l'hôtel) avaient permis de me payer. Josiane était rayonnante. Un tailleur tout neuf la moulait si bien que je crus un instant qu'il était taillé sur mesure. Son maquillage était parfait et son parfum capiteux ravissait mes narines. Ses habituelles lunettes avaient disparu au profit d'invisibles verres de contact. Des hauts-talons vertigineux accroissaient l'allure svelte de sa silhouette. J'étais ravi d'autant plus que je crus un instant que ce merveilleux effort d'élégance m'était destiné. Son œil froid et un sourire sévère m'avertirent cependant que je n'étais pas en terrain conquis.

Quand nous arrivâmes sur le grand parking du « Blue Lagoon », je fus d'emblée étonné et ravi. Sur une jolie façade décorée d'une plage de sable doré et de cocotiers, s'étendait un lagon bleu d'océan paradisiaque. Une enseigne en néon bleu ornait comme un chapeau impérial une large porte d'entrée : « The Blue Lagoon. »

C'était de bonne heure, bien avant l'arrivée de la clientèle. Accueilli comme un prince par Steve et son D.J, j'admirais la décoration des lieux, son espace. Un bar monumental de plus de dix mètres de long, rutilant, décoré d'étoiles brillantes, présidait sur le côté. Un long néon bleu l'éclairait d'une lumière tamisée.

Au centre, était une vaste piste de danse parquetée de fines planches de chêne. Tout autour des « lounges », des alcôves avec de confortables fauteuils et de petites tables basses devaient faciliter les consommations et les rapprochements. De faux palmiers surmontés de lumières douces et tamisées, ainsi que toute la décoration, recréaient l'ambiance des îles paradisiaques. Le D.J essaya pour moi ses platines et ses enceintes. Le son était merveilleux.

Vers vingt-et-une heures le public arriva nombreux, pressés de découvrir leur nouvelle « boîte » qu'une campagne publicitaire avait vantée.... J'ai senti l'ambiance monter. La musique disco allait bon train. Les alcools et la bière coulaient à flots... J'étais installé en bout de comptoir avec Josiane sur un tabouret haut, une flute de champagne à la main. Fier et rassuré par cet investissement prometteur… Trois serveuses en minijupe bleu-marine et petit tablier blanc, derrière le comptoir, voletaient d'une bouteille à l'autre, toujours avec un large sourire. Steve s'occupait des additions et de la caisse. Cette organisation me parut solide…

J'invitai ma compagne à se trémousser sur un air de disco à la mode. Cet exercice était plutôt nouveau pour moi. Josiane me mit à l'aise. Ses balancements, ses va-et-vient valorisaient son corps sublime et m'envoûtaient. Au bout d'un quart d'heure, elle me déclara avec le sourire :

- Laissons ces exercices futiles à la jeunesse…

J'acquiesçai… Je commençai à me fatiguer de tourner dans tous les sens ; mon plaisir résidait dans l'admiration de voir Josiane bouger avec élégance, le sourire aux lèvres, en cadence, juste dans le tempo, ce dont je ne l'aurais jamais crue capable quand je la rencontrais affublée de lunettes, raide, sévère et calculatrice derrière son bureau de directrice…

A minuit, elle manifesta son désir de rentrer. Je la raccompagnais chez elle, non sans lui avoir proposé un dernier verre, voire une petite camomille chez moi ou chez elle, selon son désir… Ce qu'elle refusa en me traitant de gros, de très gros… malin… Et, c'est vrai qu'avec ma cinquantaine affirmée et dépassée, j'avais pris du poids et du ventre !

J'étais déçu par sa constante froideur. Elle me maintenait à distance en voulant que je sois seulement un collègue, un ami. Je ne pouvais pas me contenter de ce statut. En considérant mon passé, il était compréhensible que je devais passer par un stade de purgatoire et de pénitence avant d'entrer dans ce que j'imaginais être le paradis ! Être patient était la clé… la panacée de mon probable succès auprès d'elle…

LA CONQUETE

Avoir un pied dans la place ne me suffisait pas. D'autant que devenu son confident, elle me disait que ses fils ayant grandi, qu'ils quitteraient bientôt la maison et que la vie seule serait trop monotone, en un mot qu'il faudrait qu'elle songe à trouver quelqu'un de fiable et d'honnête… Ce qui incluait que je n'étais pas l'homme de la situation….

Je ne suis pas quelqu'un qui se décourage facilement. Bien plus que son physique qui me plaisait bien, j'étais admiratif de la droiture et de l'honnêteté de celle qu'il me restait à conquérir.

J'avais envie de prendre définitivement le bon chemin et la solidité de Josiane représentait pour moi le cheminement idéal… Elle était en quelque sorte ma chance, ma providence, celle qui m'empêcherait de retomber dans mes errements du passé.

Après avoir lutté contre le travail noir de ses camionneurs, Josiane entra en campagne contre l'alcool au volant. Il n'y avait pas de réunions où elle rappela la nocivité de l'alcool et sa dangerosité sur la route. Les gars rigolaient devant cette bonne femme bien en chair qui ne manquait jamais une occasion de leur faire la morale…

Je fus avisé de lui emboiter le pas. Depuis la lente dégradation d'Hortense, puis son décès, j'avais largement réduit ma consommation de boisson alcoolisées, ne prenant plus de cuites… comme il était de tradition dans ce milieu, consommant seulement un verre lors des arrosages et des apéros… Il va de soi que je ne buvais jamais avant de prendre le volant, même pas un demi de bière pendant les épisodes caniculaires… De l'eau fraîche… que de l'eau !

J'appuyais Josiane dans sa campagne et, après avoir bataillé ferme, nous finirent par obtenir que les boissons alcoolisées disparaissent du bar de l'entreprise ! Il fallut toute mon autorité d'ancien et de fondateur de cette association pour obtenir ce résultat. Josiane qui ne s'attendait pas à ma collaboration, m'en fut reconnaissante…

De nouvelles dispositions ministérielles nous aidèrent à poursuivre cette croisade. Elles instituaient une visite médicale obligatoire chaque année auprès d'un médecin de la D.D.A.S.S. (direction départementale de l'action sanitaire et sociale.) pour tous les titulaires d'un permis poids lourd ou transport en commun. Cette visite incluait le dosage des Gamma G.T qui mesurent le travail de détoxication du foie et sont donc un marqueur de la consommation d'alcool. En cas d'augmentation des Gamma G.T, le titulaire du permis poids lourd risquait de se le voir suspendre pour six mois en attendant qu'un nouveau dosage confirme sa rentrée dans le rang…

Autant dire qu'après des cris, protestations, argumentations, tergiversations et rappels à l'ordre, notre combat fut gagné… Les chauffeurs bannirent leurs fatales habitudes et s'habituèrent à une sobriété relative…

Le temps passa. Les fils de Josiane avaient quitté le foyer familial. L'aîné poursuivait des études de médecine à Reims, le cadet était inscrit dans une école de commerce de Cergy-Pontoise.

Un soir de novembre, on frappa à ma porte ! Oh ! Divine surprise ! C'était Josiane qui, s'ennuyant toute seule, demandait à passer la soirée avec moi…

Ce fut le pas décisif ! Un voile pudibond s'étend sur nos premiers ébats ainsi que sur les suivants…

Un mois après, j'emménageais définitivement chez Josiane et rendais les clés de l'appartement à mon frère Mathieu que je remerciais chaleureusement…

J'avais gagné ce long combat… Avec cette femme, solide sur tous les plans et notamment sur le plan de la moralité, j'étais persuadé d'avoir dressé un rempart imprenable contre de nouveaux ennuis judiciaires, d'avoir enfin pris le bon chemin… le fameux chemin du bon curé d'Orlaghet que je n'oubliais jamais !

Ma drôle de vie aurait été trop simple ! Je me trompais encore une fois…

UNE ETRANGE RENCONTRE.

Dès lors et pour la première fois, j'ai troqué ma vie de célibataire à la marge des lois et des règlements, pour une vie régulière en couple. J'ai vécu avec Josiane une existence normale... C'est ce dont je rêvais dans ma cellule de « la Santé » quand les ronflements de mes codétenus m'empêchaient de fermer l'œil ! Une vie normale avec une femme normale qui aime son travail, ses enfants et qui, pour son équilibre, prend un homme dont elle se sert et qu'elle aime… éventuellement.

Je me pinçais pour mieux y croire tant j'avais l'impression de vivre un rêve éveillé… Je me sentais désormais solidement installé sur le bon chemin !

Après le boulot, le samedi soir comme de bons parisiens, nous sortions nous promener bras-dessus, bras-dessous sur les boulevards de la capitale… Nous varions nos sorties… Il y avait les Champs-Elysées avec le Lido, le Crazy-Horse… Montparnasse avec Bobino et ses théâtres. Je préférais avant tout la Place Clichy, ses cinés, son côté populaire, peut-être aussi la nostalgie de « la cave à rats » de ma prime jeunesse…

Un samedi soir nous avions vu un film au cinéma « le Wepler » ; je ne sais plus lequel…. Une histoire avec Belmondo, peut-être… Je lui proposais de prolonger la soirée à la brasserie du même nom, installée au coin de la place et de la rue Clichy. C'était l'époque où nous dégustions de larges plateaux de fruits de mer. Soudain mon regard fut attiré par l'entrée d'un homme un peu plus âgé que moi, grand et fort, au visage buriné, presque chauve avec les tempes grises. Son allure, sa façon de déambuler me frappèrent, un côté « classe » qui cachait son origine populaire... J'avais l'impression de l'avoir déjà vu dans une vie antérieure… Mon regard attira le sien… Il me dévisagea un court instant puis baissa les yeux et alla s'asseoir à une table dans le fond de la salle comme s'il voulait m'éviter. Il était accompagné d'une jeune femme « distinguée » à la mine renfrognée que j'ai supposée être son épouse et dont le visage ne me disait rien…

Josiane avait lu mon étonnement :

- Une ancienne connaissance ?

- Je ne sais pas… je ne crois pas… C'est drôle… J'ai l'impression d'avoir déjà vu ce type quelque part…

Cette rencontre me travailla en secret. Quand je me réveillais la nuit, j'y pensais… Je cherchais, repassant mes souvenirs de fort des Halles, mes rencontres de routiers, de malfrats croisés dans la cour de récré de la « Santé » … etc. Une nuit, l'étincelle jaillit enfin ! Ce type ressemblait à mon frère Marcel, mon aîné dont l'inexorable fuite des jours, des mois, des années ainsi que les déboires et les soucis auraient vieilli les traits jusqu'à ce que je ne puisse plus le reconnaître au premier coup d'œil.

(Les lecteurs qui ont lu « Prisonnier » connaissent l'histoire de Marcel Rigal, ce parachutiste qui fut fait prisonnier à Dien Bien Phu, et qui « officiellement » est mort dans le camp soixante-quinze que le Vietminh avait installé près de la frontière chinoise.)

Dès lors, fortement intrigué, je profitais de mes loisirs pour aller traîner du côté de la place Clichy, souvent seul car Josiane en tant que directrice de « la Coopérative de Transport de la Porte de Montreuil » était très occupée, toujours plongée dans ses plannings et ses comptes… Et puis cette Place m'attirait… Une sorte de nostalgie nichée au fond de moi… Le regret d'une jeunesse innocente et dépassée qui ne reviendra pas…

J'avais envie de revoir cet inconnu qui me rappelait tant mon frère mort au Tonkin… Était-ce son sosie, son alter ego, sa copie conforme, son fantôme ? J'étais accoudé au bar du café du coin de la place Clichy, en face de l'endroit où s'élevait jadis le Gaumont, quand soudain, comme quand le soleil apparait dans un nuage de brume, je revis le deuil de ma mère lors de ma visite à la ferme de Mels. Elle en avait les habits. On aurait dit qu'elle les portait pour la galerie… Le cœur n'y était pas… Aucune larme, aucun signe de désespoir… Le décès de son fils aîné, Marcel, n'était pas réellement gravé sur les traits de son visage, ni dans ses attitudes, ni dans ses tripes de mère… J'eus l'impression qu'elle cachait un grand secret plutôt qu'elle éprouvait une profonde tristesse ! J'eus la sensation diffuse qu'elle avait un mensonge lourd à porter pour une femme honnête qui n'a jamais menti ni à ses enfants, ni à son mari, ni à la société…

Lors de cette visite qui m'a tant marqué, j'avais été frappé par ce deuil superficiel… Une mère porte le deuil d'un fils mort à la guerre dans ses tripes, même s'il lui reste trois autres fils et deux filles. Comme « l'habit ne fait pas le moine », ses vêtements noirs ne faisaient pas une mère endeuillée…

Par conséquent… un suprême espoir inonda mon âme fraternelle ! Il était peut-être possible que mon frère, Marcel, soit vivant ! Et qu'il vive sous une autre identité… Cet espoir germé au fond de mon cœur repoussait de mon esprit l'hypothèse du sosie. Non, j'étais persuadé qu'il s'agissait bien de mon frère vieilli et transformé par les vicissitudes de la vie.

Mon frère Marcel, le résistant médaillé plusieurs fois pour son courage, ancien de la deuxième D.B du Maréchal Leclerc, puis sergent dans les paras, celui que j'admirais tant, était vivant ! Je n'osai encore l'affirmer, mais je l'espérerai fortement en mon âme et conscience. Ce n'était qu'une hypothèse, mais cette possibilité me plut… Je la cultivais ! Que m'importait à moi, l'ancien tolard, qu'il se cache sous une autre identité… Il n'en était que plus proche de moi… J'avais une raison de plus pour chercher à revoir cet individu qui lui ressemblait tant…

J'ai longtemps erré autour de la Place Clichy. A tel point que Josiane me traitait de délirant, de fou. Je suis tenace. Je voulais revoir cet individu. J'espérais que, lui aussi avait un lien avec cette Place, c'est-à-dire une connaissance, un logement, un motif quelconque de la fréquenter… De toute façon, elle représentait ma seule chance de pouvoir de nouveau l'apercevoir… Mes parents étaient décédés et ma mère avait emporté son secret dans sa tombe… Je n'avais aucun autre indice car il était exclu que je demande des informations auprès des autorités militaires sur les circonstances de la mort de mon frère… Je devais tirer cette affaire au clair par mes propres moyens…

J'étais accoudé au bar du coin de la Place Clichy, certainement pour la dixième fois. Cet endroit était stratégique. Je voyais les gens sortir du métro, remonter le boulevard en un flot ininterrompu que j'observais d'un regard distrait et plein de découragement, en songeant que cette histoire était vaine, que Josiane avait encore une fois raison. Je me sentais proche de l'abandon…

Soudain, le miracle se produisit… Un homme en imperméable gris et chapeau noir sortit du métro. Était-ce mon revenant ? Il montait vers moi… J'eus tout le loisir d'examiner ses traits : c'était bien lui. Le doute était là cependant. Je balançai de la monnaie sur le comptoir du bar et me précipitai vers lui comme je me serais jeté à l'eau…

- Hep ! Marcel !

Il s'arrêta interdit… me dévisagea… sans prononcer un mot…

- Je suis ton frère André… Dédé…

Et, ce fut le miracle !

- Dédé !

Nous tombâmes dans les bras l'un de l'autre… Nous nous étreignîmes pendant un long moment au milieu du trottoir de la Place Clichy à tel point que des passants s'arrêtèrent, médusés afin de nous dévisager…

- Ne restons pas là !

Nous nous assîmes à une terrasse toute proche…

Je ne saurais relater nos conversations tant les mots, les phrases fusaient dans tous les sens, tant nous avions de choses à nous raconter. Nous le fîmes dans un complet désordre chronologique…

J'allais d'étonnement en étonnement… Il me parla longtemps de l'enfer de sa captivité au Tonkin dont il ne s'était jamais vraiment remis. Comment le manque de nourriture, d'hygiène, les mauvais traitements anéantissaient les prisonniers. La plupart mouraient, épuisés par la dysenterie ou les maladies tropicales sans aucun soin ou traitement médicamenteux. En quatre mois environ sept mille prisonniers sont morts sur un total de dix mille. Il aurait été très certainement parmi les victimes si la paix de Genève n'avait pas été signée rapidement car, à sa libération, il n'avait plus que la peau et les os. Il sentait son anéantissement tout proche… Son meilleur ami, Thierry de Châteaurenard, était mort ainsi dans de terribles souffrances, sans aucun soin, sans aucune thérapeutique. Or il lui ressemblait comme deux gouttes d'eau à tel point que beaucoup les confondaient. Sur son lit de mort, il l'avait supplié de prendre son identité, afin de le remplacer auprès de ses parents et de sa sœur. Il n'avait pas eu le courage dans ces circonstances extrêmes de refuser. Il s'y était engagé en se doutant bien que cette fausse identité le rendrait prisonnier à vie. Malgré tout, lui le fils de paysan d'Auvergne, avait gagné de vivre comme un bourgeois…

Pendant le récit de sa captivité, je ne pouvais pas m'empêcher de la comparer à la mienne. A « la Santé, » je mangeais à ma faim. Ma santé était parfaite, et pourtant la privation de liberté me pesait. Quel n'a pas dû être son calvaire à lui, à tous les prisonniers du Vietminh dont la volonté dissimulée était – ne nous voilons pas la face - en fait de les éliminer systématiquement en leur infligeant des traitements inhumains ?

Cette captivité et cette « faute » incarnée dans cette usurpation d'identité, me le rendaient encore plus proche, et pourtant, nos vies s'étaient écartées. Mon frère Marcel Rigal s'appelait désormais Thierry de Châteaurenard… un nom à particule qui, sur le coup, me combla d'admiration. Malgré son statut social enviable, il avait de nombreux déboires économiques et conjugaux (faillite d'entreprise et désaccord profond avec sa compagne). Son usine fabriquait des boutons. Comme l'industrie textile en France se délocalisait en Asie, son usine avait perdu peu à peu ses clients. Quand je lui proposais mon aide, il refusa tout net… Cependant, il avait lu et suivi mon histoire dans le journal « Le Parisien » et dans « l'observateur de Beauvais ». Il était tombé par hasard sur une chronique judiciaire relatant mon procès. Il savait parfaitement que je travaillais sur Paris dans les transports et que j'avais été encagé pour « fraude fiscale », ce qui ne l'étonnait guère.

Nous parlâmes longtemps, de tout, de la ferme familiale de notre jeunesse, de nos parents disparus… Il était plus prudent, pour lui, de ne plus nous revoir… parce que sa fausse identité le rendait dépendant de sa « sœur » avec qui il entretenait maintenant des relations orageuses… et qui pouvait à tout moment le dénoncer ! Lui aussi risquait quelques années de prison pour usurpation d'identité… C'était un paria comme moi. Nous étions tous les deux nés sous une mauvaise étoile…

MA DECISION

Une bonne dizaine d'années de vie heureuse et laborieuse suivie… Josiane dirigeait cette entreprise coopérative de routiers d'une poigne de fer. Les différents patrons associés ronchonnaient, mais pliaient toujours car ils savaient que c'était la Raison, la Logique qui dictaient l'attitude de leur directrice.

Celle-ci s'éreintait sous l'abondance des tâches. Elle avait été contrainte de prendre comme adjointe la femme de Mathieu, Jacky. Elle aussi développait une autorité bienveillante, aussi bien auprès des clients que des chauffeurs…

Un samedi soir, j'eus envie de voir comment « ma boite, The Blue Lagoon » ou plutôt celle de mon neveu Steve, fonctionnait. Josiane prétexta sa fatigue, l'envie de rester tranquille chez elle. Je m'y rendis seul, pas trop tôt, vers vingt-trois heures pour observer l'ambiance à son niveau maximum.

C'était noir de monde. J'entrai dans un cloaque sombre qu'une lumière tamisée éclairait à peine. Des nuages de fumée bleuâtre semblaient la filtrer. Des centaines de gamins et de jeunes filles se trémoussaient en cadence au son d'une musique de dingues crachant des décibels à vous rendre sourd.

J'allais m'assoir à mon poste d'observation au bout du comptoir. Steve m'accueillit à bras ouvert.

- Enfin Dédé ! J'ai le droit à ta visite ! C'est le coup de feu, ça marche fort ! Je te sers mon cocktail maison : mon « Blue Lagoon » ?

- Oui ! Je suis impatient de goûter à la recette-maison ! Il mélangea le jus de citron au curaçao bleu et à la vodka, ajouta de la glace pilée et secoua énergiquement dans un shaker !

Il me le servit dans un verre spécial avec la déco adéquate, parasol jaune et citron vert, ce qui représentait l'aboutissement raffiné du grand luxe…

J'observais. Un aéropage de serveuses en tenue sexy s'activait derrière le comptoir. L'alcool coulait à flot… des alcools à la mode, tequila, whisky et vodka… et bien sûr des bières, variées, nouvelles, fortes de préférence, écœurantes… Déjà, certains étaient pris d'une forte ébriété, gesticulaient et rigolaient, paumés, en plein délire… D'autres étaient écroulés sur des banquettes ou des fauteuils cuvant leur cuite… J'étais déçu de voir cette jeunesse dont l'avenir pourrait être brillant s'ils ne se soulaient pas… jusqu'à détruire leurs neurones.

Ils fumaient beaucoup. Je vis qu'à l'écart, on vendait des cigarettes moins chères, fruit d'un trafic de contrebande. Je reniflais une odeur âcre qui n'était pas seulement celle du tabac. Dans le même coin, on vendait du hash, du shit, ou je ne sais quel toxique.

J'étais écœuré par la façon dont avait dévié « The Blue Lagoon. » C'était un peu le mien ! Je me sentais responsable… Les affaires marchaient bien… Le fric comme l'alcool coulait à flot ! Pas étonnant que Steve me fasse parvenir chaque mois une belle enveloppe ! Mais… ça marcherait jusqu'à un certain point. J'étais certain que mon neveu finirait au placard… comme moi… Et, là, j'ai regretté mon investissement… Je me suis dit : « Dédé, tu ne changeras jamais… »

J'en avais assez vu… Je me suis levé prêt à partir. Steve s'est précipité vers moi :

- Dédé, tu pars déjà ? Je te remets ça ?

- Non, merci, petit ! Je conduis et l'âge m'a rendu raisonnable.

- Dommage ! L'attraction de ce soir… c'étaient des stripteaseuses. Trois métisses bien gaulées ! Elles vont bientôt arriver, dit-il en regardant sa montre…

- Tant pis pour les stripteaseuses !

Il prit une enveloppe grise sous le comptoir et me la donna.

- Tiens, un acompte, fit-il.

J'enfournais l'enveloppe dans ma fouille.

- Merci, Steve, bonne continuation ! Passe à la maison quand tu auras le temps, j'ai envie de te parler en tête-à-tête…

Je sortis… désabusé, dégoûté, écœuré, écrasé ! Mes épaules tombaient ; je baissais la tête comme un pénitent. Dire que j'étais à l'origine de ce cloaque scandaleux où la jeunesse dorée se détruisait à petit feu ! Quelle calamité que ces diverses drogues !

Je dormis mal les jours suivants. J'étais certain que tout ça finirait par de la tôle, au moins pour Steve. Dans mes moments d'angoisse nocturne, j'évaluais la solidité de mon neveu. S'il craquait et si on remontait jusqu'à moi… J'étais encore bon… pour cinq ans de placard… Puis, je reprenais confiance et me disais : « Non ! C'est un costaud, un « Rigal » ! Il a dans les veines le sang de taureau du Rouergue ; comme ses ancêtres, les rudes paysans de la Viadène, il est solide comme un roc… Il saura se taire… »

Quand il passa me voir quelques jours plus tard, je l'informais de ma réprobation concernant les différents trafics illégaux de sa boite.

- Ah ! C'est pour ça que tu me convoques ! Ecoute, c'est normal… Toutes les boites le font ! Si je ne le faisais pas, je n'aurais plus de clients…

- Peut-être, mais quand les poulagas vont se décider à descendre chez toi… Tu connais le tarif… Dealer égale cinq ans de placard…

- Mais non ! De toute façon, la vie est un risque permanent… Je ferais comme toi, mon tonton… T'es toujours debout, fringant… plein aux as… Je m'en fous, notre vie, c'est ça ! Pour se sortir du lot… de la misère conjoncturelle, il faut savoir prendre des risques ! Nous ne sommes pas sortis de la cuisse de Jupiter ! Toi, tu t'en es sorti… D'accord ! Mais comment ? Au bout du compte, tu as tracé ton chemin…

- Oui, mais voilà, quand ils vont te cuisiner aux petits oignons… les cognes ! Tu vas te sentir bien seul ! Et, ne compte pas sur les avocats ! Ils font semblant de te défendre pour ramasser la monnaie ! Dans la réalité, ils sont pour la loi, du côté des juges…

- Ne t'inquiète pas ! Je saurais me taire ! Je serais solide comme les rocs de la ferme de Mels et muet comme une carpe… D'ailleurs tu n'as rien à voir dans tout ça ! C'est moi le responsable, le patron ! Sûr que je prends des risques… J'y suis contraint ! C'n'est pas toi le dealer…

- Alors, fais gaffe petit… Quand « ils » vont te mettre le grappin dessus, considère qu'il est acquis : tu vas en prendre pour cinq ans avec fermeture de la boite. Ce n'est pas la question. J'en fait mon deuil à l'avance… Elle m'a déjà bien rapportée ; je ne me plains pas… « Ils » vont te coller une amende qui correspondra à la confiscation de tous tes avoirs. C'est peut-être de l'argent sale, mais « ils » ne crachent pas dessus quand il s'agit de faire glisser la monnaie dans leurs poches. Elle devient propre comme par enchantement ! A croire que leurs fouilles, c'est comme un pressing ou une machine à laver ! Si tu n'y prends pas garde, tu sortiras au bout de cinq ans, nu comme Adam, nu comme un ver… Dans ces conditions, c'est dur de recommencer ! Peut-être, pourrais-je encore t'aider si je suis encore de ce monde. Dans la vie, il faut ne savoir compter que sur soi-même… C'est un conseil de vieux routier, planque ton pognon ! De mon temps, c'était l'or…. Maintenant que nous vivons dans la modernité, il y a les Bahamas… Pour les petits comme nous, peut-être la Suisse ? Je ne sais pas !

- Merci tonton, pour tout, pour tes conseils, je vais en tenir compte !

Au moment des adieux, je le serrai très fort dans mes bras comme s'il était déjà condamné !

Il partit, confiant comme je l'étais jadis avant le placard…

- N't'en fais pas, tonton !

Je le regardais disparaître dans la nuit. Une larme suintait au coin de mon œil…

A la suite de sa visite, j'étais comme Caïn dans sa tombe : affolé, écrasé de remords. De plus, toutes ces années de déménagements, de kilomètres accumulés dans les camions, les petits comme les trente tonnes, m'avaient rompu le dos. Le ras-le-bol m'a terrassé ! J'eus l'envie soudaine de me retirer. J'en parlais à Josiane :

- T'as raison, Dédé ! Nous allons nous retirer au soleil. Moi, aussi j'en ai marre. Trop de contraintes, de règlements contradictoires ! Bientôt la soixantaine ! Toi, tu l'as déjà dépassée…

C'est comme ça que nous avons atterri sur la côte varoise avec le bleu du ciel au-dessus de notre tête et l'azur de la mer Méditerranée devant nos yeux, à perte de vue, bien au-delà de l'horizon… Nous avons financé cette bicoque de quinze pièces avec Josiane à cinquante-cinquante en déplorant que la piscine soit si grande… surtout pour moi qui suis allergique à l'eau…

LE MARIAGE.

Nous avons acheté de super transats avec des matelas dc dix centimètres d'épaisseur et je me suis installé au bord de la piscine, tout habillé, chapeau de soleil sur la tête admirant tour à tour l'azur du ciel et le bleu de la mer… La piscine semblait me cligner de l'œil : « Viendras-tu… viendras-tu pas ? » semblait-elle me dire….

Le deuxième jour, j'ai osé ôter ma chemise… Au bout d'une semaine, j'étais en slip sur mon transat. Je ne savais pas que le soleil était si fort en Méditerranée… Josiane avait beau me tartiner ses crèmes écran-total, je rougissais comme une écrevisse… Il faut dire que, moi, l'habitué de l'ombre, c'était la première fois que j'osais me dénuder devant l'astre solaire !

J'allais tâter l'eau de la piscine avec le pied… Mon Dieu ! Que cet élément est désagréable et froid ! Josiane prenait du plaisir à plonger, à faire des longueurs, une vingtaine m'affirmait-elle ! Elle exhibait son bronzage intégral avec fierté. Pour ma part, je guettais l'ascension du thermomètre qui trempait dans l'élément aqueux… Je lui avais promis d'immerger « le Dédé » quand il dépasserait les vingt-sept degrés Celsius. Jamais en-dessous de vingt-sept, précisai-je !

C'est le quatorze juillet à quinze heures que Josiane me claironna :

- Dédé ! T'es bon pour la baignade… Cette fois, tu ne peux pas y échapper ! Le thermomètre vient de franchir les vingt-sept degrés !

Je me levai méfiant… Je vérifiai… Elle avait raison : vingt-sept degré et demi… J'ai bien tenté :

- C'est foutu, elle est trop chaude !

Elle se marra…

- Allez, gros malin, au jus !

C'était terrible ! Pire que si on m'avait dit : Dédé, tu retournes en cabane ! Bon, je suis descendu marche par marche… C'était vrai, elle n'était pas si froide que ça ! Je me suis immergé… J'ai essayé de flotter un peu, sans grand succès. Je dois être trop lourd ! Au bout d'un quart d'heure, j'ai déclaré forfait ! Je me suis retiré doucement sous les quolibets de Josiane. Dire que j'y ai pris mon pied est exagéré, mais… j'avoue que c'est rafraichissant… Je me suis soudain senti mieux, comme régénéré…

On était heureux. Elle me cuisinait des petits plats ou des fricots, genre épaule d'agneaux aux petits oignons… Nous mangions sur la terrasse, le soir. La nuit était si sereine, si fraîche et si limpide que je ressentais un vague à l'âme comme une envie de bonheur calme et suave, une sensation bourgeoise toute nouvelle que ma vie de travail et d'aventures, ne m'avait jamais laissé le temps d'éprouver. C'était comme une sérénité de l'âme, une douce envie de sérénade, de poésie désuète sur un air de violon ou de mandoline….

J'étais songeur, peut-être amoureux pour tout dire… Josiane froufroutait allègrement dans une robe d'été qui lui seyait à merveille. Je me souvenais de ma première rencontre avec elle… du coup de foudre qui m'atteignit comme un direct du gauche ! Comment j'avais été frappé par sa beauté solide et rustique. Elle avait d'emblée éclipsé le rutilant Volvo Truck tout neuf stationné dans la cour… Mais était-ce la douceur de la nuit ? Ce soir-là, je lui trouvais quelque chose en plus… Du charme ! Non seulement, elle était belle, mais elle était jolie… Sa féminité s'exprimait dans ses gestes, dans sa candeur, dans son calme. Elle s'exprimait par tous les pores de sa peau… de sa peau à la carnation de blonde qui m'inspirait tant…

Alors, les cigales s'arrêtèrent de chanter. La nuit silencieuse et suave retint son souffle. La roseraie toute proche exhala son frais parfum dans l'air léger…

Alors, comme si un ange du ciel lui avait soufflé à l'oreille, Josiane m'a déclaré d'une voix musicale, douce et cristalline avec des flammes dans les yeux :

- Tu sais, Dédé…

Il y eut, comme dans la symphonie numéro neuf de Beethoven, quatre temps de silence qui retinrent son souffle dans la nuit étoilée, limpide et douce. Elle reprit :

- On devrait se marier !

Moi, le camionneur qui n'avais jamais été sensible ni au génie de Mozart, ni à celui de Chopin, j'ai apprécié pour la première fois la musicalité de cette voix d'Orphée, sorte de mélodie venue du plus profond de son âme, de son cœur.

J'en suis tombé sur le cul… Surpris, pâmé, paralysé, le Dédé ! Comme un idiot, j'ai répondu :

- T'n'es pas folle ! T'es sûre ! J'n'suis pas une affaire ! C'est vrai ? Tu me fais une demande en mariage ?

A mon grand étonnement, elle a continué avec sa petite voix mélodieuse de soprane :

- Eh ! Oui, j'ose… Tu as changé ! Tu parais calmé, heureux de vivre… Je crois que c'est fini pour toi, la débrouille… Les embrouilles…. Les trafics… La taule ! Je demande la main d'un homme honnête, d'un honnête homme qui a pris le bon chemin de la rédemption !

J'étais comme un éléphant dans un magasin de porcelaine. Devant tant de charmes déployés pour me séduire, je frôlai l'idiotie :

- Oui, je sais… Celui du bonheur, celui de l'oracle du bon curé…

- C'est ça, celui de la droiture…

La nuit était étoilée. La lune éclairait la pelouse et se reflétait dans la piscine. Les étoiles brillaient dans un ciel sans nuage. Certaines lançaient des éclairs lumineux comme pour mieux illuminer notre bonheur. Il régnait un silence magique que seul le chant des cigales rompait de courts instants. On voyait au loin, sur la mer, des voiles blanches qu'éclairaient faiblement leurs lumières… Pour toute réponse, je me suis levé lentement, en réfléchissant longuement et en pensant : « Ma belle ! Tu fais une belle connerie ! Ta demande est tellement émouvante, tellement romantique que je ne peux pas me défiler !» Je suis allé vers elle, je l'ai embrassée en la serrant dans mes bras en lui murmurant dans le creux de l'oreille :

- Oui ! Affirmatif ! Je te dis oui ! Alors, c'est vrai… Tu crois que je ne replongerai plus !

- Je le crois vraiment !

- Alors… on se marie…

Elle alla à la mairie pour les formalités. Et quelques semaines après, je me mariais à soixante-trois ans pour la première fois. Quant à Josiane, elle me battait car c'était la seconde fois qu'elle passait pour cette formalité devant monsieur le Maire. J'ai demandé à mon frère Mathieu d'être mon témoin, et sa femme Jacky fut celui de Josiane… Nous nous mariâmes dans la plus stricte intimité, sans gueuleton comme si nous voulions cacher un bonheur qui me paraissait toujours interdit, comme si nous ne voulions pas réveiller les diables jaloux qui semblaient me poursuivre…

Car, dans mes moments de solitude et de doute, j'éprouvais la sensation bizarre d'avoir toujours une épée de Damoclès suspendue au-dessus de ma tête.

C'est pourquoi, la famille et les amis furent informés plus tard de notre incroyable « hyménée. »

MA RETRAITE ACTIVE.

Le premier été passé, je me suis aperçu que je n'étais pas fait pour rester sur mon transat à regarder la mer… J'avais des fourmis dans les jambes… Quand je me levais le matin, une impression de vide, d'inutilité m'envahissait… Je me posais la sempiternelle question : « Dédé, que vas-tu faire aujourd'hui ? » Ma réponse était toujours la même : « rien ! » J'avais remis le jardin en forme, bricolé un peu de plomberie et d'électricité dans la maison. Toutes choses parfaitement honnêtes, en accord avec les directives de Josiane…

Il devenait urgent de me trouver des occupations avant que je tombe dans la mélancolie… L'envie de rendre service à mon prochain, ancré en moi dans mon génome, me tenaillait. Or, un couple de personnes très âgées habitait dans la maison voisine de la nôtre. Le mari avait été cloué à son fauteuil par un accident vasculaire. Je leur parlais souvent par-dessus la haie et je n'avais jamais manqué de leur rendre un service, du genre changer une ampoule ou déboucher un lavabo. Leur terrain, environ mille cinq cents mètres carrés, n'était plus entretenu. La broussaille poussait en majesté, anarchique... Les normes antiincendies étaient dépassées depuis un bail. Je leur proposais d'entretenir ce domaine, bien sûr bénévolement. Ils acceptèrent un peu agacés que je refuse toute rémunération...

Je terminais le débroussaillage par la partie supérieure de leur propriété. C'était la phase la plus ardue car parmi les pierres et les rochers ma machine peinait quand le fils de ce couple âgé vint me voir :

- Salut ! C'est bien vous Dédé ?

- En effet ! Je suis le célèbre Dédé ! Tutoyez-moi, ça va de soi !

J'enlevai ma casquette et m'épongeai le front.

- Je suis le fils. Appelle-moi Gontran. Je suis antiquaire à Théoule-sur-Mer... Pourrais-tu m'aider à livrer un buffet. C'est costaud, mais on m'a dit que tu étais déménageur...

- Avec plaisir !

- Je saurais te récompenser !

- Pas question ! Je suis un bénévole… Rendre service est mon plaisir…

C'est ainsi que je repris un peu d'activité dans le déménagement…

Tous les deux mois, j'allais à Paris. C'était mon côté « Mister Hyde » ! Je m'y rendais dans le but de visiter mes deux frères et surtout d'examiner « mes affaires… » Ma femme m'emmenait à l'aéroport de Nice où, mon côté « droit chemin » préférait la navette d'Air France à la concurrence pour m'acheminer jusqu'à Orly…

« Mes affaires » se résumaient à pas grand-chose. Il y avait d'abord « la boite ». Je n'y allais plus depuis mon total écœurement… Je savais trop bien comment tout cela se terminerait… J'en avais déjà fait mon deuil ! D'ailleurs, quand j'arrivai chez mon frère Mathieu, la première info qu'il me dit :

- C'est grave… Steve est dans le collimateur… Perquisitions, contrôles fiscaux… Il est fait comme un rat ! Il va plonger…

- J'en étais sûr !

- Il essaie de se défendre, mais il est cuit le paroissien, il va en prendre pour cinq ans !

En effet, l'enquête ne dura guère que trois mois et il plongea selon nos pronostics…

Voilà comment s'acheva l'histoire de cette « boite » : confiscation avec fermeture administrative et cinq ans de placard pour Steve !

J'avais aussi sponsorisé un restaurant. Viktor s'était affranchi depuis longtemps, et m'avait présenté un de ses copains de promotion… Au bout de trois ans, ce fut la faillite… Sur ce mauvais coup, j'avais misé sur le mauvais cheval : le genre de gars qui croit qu'il va faire fortune sans travailler… Je m'en suis aperçu rapidement et j'ai essayé de le booster… Pas moyen de le faire aller au charbon… quand on a un poil dans la main, il n'y a rien à faire…

Il me restait l'hôtel, rue Saint-Denis, un souvenir d'Hortense ! C'n'était pas la gloire ! Il était devenu vétuste. Seul l'entretien courant était assumé. Au fil des ans, son activité « premium » était pour l'essentiel : « hôtel de passe ». Le gérant qu'Hortense avait mis en place, était un proxénète devenu redoutable. Seuls quelques touristes en mal de trouver un hôtel bon marché et quelques étudiants égarés sur le pavé de Paris, le fréquentaient en dépit de son activité principale…

Le tenancier me recevait avec respect et allégeance, une allégeance suspecte, un peu mielleuse comme s'il avait quelque chose à cacher. J'attribuais ces égards surfaits à un peu de malhonnêteté envers moi… sans plus. J'avais ma chambre au cinquième étage, toujours meublée avec « les antiquités » d'Hortense - soi-disant de valeur - du moins ceux que j'avais pu sauver du fisc… J'aimais bien cette chambre vaste avec un petit balcon sur la rue Saint-Denis… Je m'y sentais en vacances…

Je notais un détail d'apparence sans importance. Un volumineux verrou avait été installé sur la porte de la cave voûtée… au sol en terre battue. Il était terriblement inesthétique. Quand j'en fis la remarque, le tenancier me raconta une histoire à dormir debout du genre : « Un client qui rentrait la nuit, complètement saoul, s'est trompé de porte et a dégringolé les escaliers… Depuis ce fâcheux incident, nous avons préféré condamner cette porte. » Cette explication me parut peu claire, légèrement suspecte… Sur le coup, j'ai pensé qu'il était amateur de cuvées très rares qu'il collectionnait en secret, et de peur d'être cambriolé avait posé ce verrou… J'acceptais sa fumeuse explication sans aucune vérification.

Le second jour, je passais par les bureaux de l'entreprise Porte de Montreuil. La directrice, ma belle-sœur, la femme de Mathieu, m'informa que j'avais toujours une camionnette qui m'appartenait.

- Ce serait bien que tu nous en débarrasses ! Je n'ose pas la confier au ferrailleur sans ton accord !

Je pensais à l'antiquaire et à son véhicule trop étroit. Ce fourgon était surélevé et rallongé… Il avait de belles dimensions…

- C'est simple ! Je l'emmène.

C'était un boxer Peugeot, moteur diesel, qui avait deux cent mille kilomètres au compteur et qui marchait encore très bien… Nous l'utilisions pour les livraisons dans Paris intramuros. Très pratique, il avait eu son temps de professionnalisme… Il pouvait prendre aussi sa retraite ! Je rentrais dans le Var à son volant.

En conduisant sur l'autoroute du Sud, je repensais au volumineux cadenas qui fermait la porte de la cave de « mon » hôtel de la rue Saint-Denis. J'avais l'impression que le tenancier cachait quelque chose. Entreposait-il des cigarettes de contrebande ? Se livrait-il au commerce d'armes-à-feu, genre Kalachnikov ? La récente chute de l'U.R.S.S. en avait approvisionné les diverses mafias. J'aurais pu me faire ouvrir ce verrou sous prétexte d'examiner l'absence d'infiltration dans la cave. De toute façon, il était préférable de ne rien savoir. Je n'allais pas dénoncer le tenancier à la police ! Il était le seul maître à bord !

Ce véhicule me permit de rendre service à tout le voisinage. Outre l'antiquaire, j'ai véhiculé les fruits et légumes d'un maraîcher de la contrée au marché Forville à Cannes, sans compter les petits déménagements et les voyages à la déchetterie.

Etais-je vraiment sur le bon chemin ?

RIEN N'EST JAMAIS ACQUIS

La mauvaise étoile sous laquelle j'étais né, m'attendait en embuscade au détour de mon chemin pavé de bonnes intentions…

Quand nous revenions de livraison, mon ami Gontran pour me montrer sa gratitude, m'invitait à boire un pot. On s'arrêtait « au bar des bons amis » sur la nationale sept. Un moment de détente tout simple, agrémentait la fin de notre après-midi… Gontran était content d'avoir fait une affaire et sa joie m'était communicative. Je buvais un demi… Depuis que je n'étais plus routier, j'avais relâché ma conduite « zéro alcool » pour adopter celle, un peu plus en adéquation avec ma nouvelle vie de retraité actif : « un peu d'alcool… toujours avec modération ».

Ce bar avait un secret. Sa face cachée se trouvait au sous-sol. A partir de vingt et une heures, on y jouait au poker. On m'informa que les mises restaient raisonnables. Les gens étaient tous des copains respectables.

Je n'avais jamais joué à ce jeu. Quand nous étions entre chauffeurs dans les auberges d'antan, nous jouions à la belote. Ceux qui perdaient payaient les consommations…

Il était évident que chaque soir, je m'endormais devant la télé. Je commençais par bailler. Au bout d'une demi-heure, j'étais dans les bras de Morphée. En un mot, je m'ennuyais. Josiane qui avait toujours un œil fixé sur moi, le savait… Un soir elle me dit :

- Ecoute, je vois que tu t'ennuies… Si tu veux rejoindre tes copains du bar « des bons amis », vas-y… Mais, rentre en bon état et pas trop tard…

C'est ainsi que deux soirs par semaines, j'allais jouer au poker dans cette salle clandestine. Le côté secret, son atmosphère de complot, le décor western vintage, la lumière tamisée et blafarde me plaisaient…. De gros types chauves, à la mine patibulaire, genre marchands de bestiaux, fumaient de gros cigares… Plusieurs tables habillées de tapis verts occupaient le centre de cette salle. Le fond s'ornait d'un bar rétro et d'affiches de film évoquant l'ouest américain : « Le train sifflera trois fois ! » John Wayne et de pulpeuses blondes… Une jeune femme en tenue Western ultracourte, veillait sur l'approvisionnement de nos verres… Le whisky coulait à flot. Une musique d'ambiance « country » couvrait en sourdine les conversations.

Je jouais petit braquet pour m'amuser. Si quelquefois il me prenait de bluffer, de miser gros (mais toujours raisonnable), c'était juste pour l'émotion, le fun… Pour sentir mon cœur battre plus fort sous ma chemise… C'était pareil pour l'alcool, je savais me tenir…

Mes nouveaux ennuis commencèrent de façon anodine, un soir de pleine lune. Nous étions six autour du tapis vert. J'étais en veine. J'avais touché un full et quelques coups après, un carré de dame. J'avais su appâter mes copains… La prise avait été bonne. Je baignai dans le bonheur de celui qui domine le jeu…

Un type en colère est entré. C'était un rougeaud à la casquette de travers. Il s'est adressé à l'un de nous, Albert M…. Le ton était hargneux, véhément :

- Dis, tu m'as bien eu ! Le camping-car que tu m'as vendu, avait été volé ! La police vient de me le confisquer. Je suis accusé de recel !

Albert répondit, très calme :

- Je te l'ai vendu en toute bonne foi…

- Oui, c'est ça ! Tu crois que je vais avaler cette couleuvre…

- Je t'ai vendu un camping-car dix mille euros, alors qu'il était côté cinquante mille. C'était une belle affaire… Tu devais bien te douter qu'il y avait une embrouille là-dessous !

- Non, je ne le savais pas parce que tu ne m'en as pas informé ! Je croyais que tu me faisais faire une bonne affaire parce que tu es un copain ! Tu dois me rembourser.

- Jamais de la vie ! Pour moi, cette affaire est classée !

- Tu n'es qu'un voleur et je te le répète, tu dois me rembourser !

- Non, je ne te rembourserai pas ! Jamais de la vie !

- Ecoute, Albert, c'est simple, si tu ne me rends pas mon pognon… demain soir, je te descends !

- Tu vas prendre vingt piges de cabane pour dix-mille euros ? Rigolo… je ne te crois pas ! De toute façon, tu ne me fais pas peur, et quels que soient les risques, je ne te les rembourserai pas !

- Ecoute, je te le répète et c'est un ultimatum ! Cette affaire sera réglée demain soir ! Si tu ne me balances pas mes dix mille euros sur cette table, tu es un homme mort ! Tu peux faire ton testament !

- Va te faire foutre, conclu Albert.

Le gros rougeaud tourna les talons et sortit en claquant la porte…

Je ne sais pourquoi, alors que je n'allais jamais jouer au poker deux soirs de suite, j'y retournai le lendemain, curieux de connaître la suite de ce règlement de compte. Les deux protagonistes trouveront-ils un arrangement amiable sans en venir aux mains ? Ce suspense m'attira ! J'y pensais toute la journée… Impatient de connaitre le déroulement, l'apothéose de cette histoire. Le résiné coulera-t-il sur la moquette ?

Des langues avaient promulgué la nouvelle. Il y avait foule dans le sous-sol « du bar des bons amis » ce soir-là. Je m'assis à ma place habituelle. Albert, le sourire aux lèvres, était en face de moi… Il plaisantait, plastronnait, fier d'être la coqueluche de la soirée…

- Non ! Je n'ai pas peur de ce vantard ! Il croit que je vais me déballonner devant cette menace ! Ce n'est pas sérieux ! Il peut se les foutre au cul, ses dix mille balles… Il n'en verra jamais la trace… Vous pouvez compter sur moi !

Bref, il était le héros. Les regards interrogateurs de l'assistance le scrutaient. Tiendrait-il sa position devant un colt chargé ? Lui, Albert, le condamné à mort virtuel de la dernière séance dans ce décor de cinéma, le vivant en sursis, en rajoutait le sourire aux lèvres et la tête haute…

- Ce n'est qu'un minable, un demeuré, un poltron… Si je voulais, je l'écraserais avec le talon de mes bottes comme une petite fiente…

La soirée s'écoulait tranquille. Pourtant, une inquiétude singulière et bizarre flottait dans l'air par-delà les nuages de la fumée des cigares… Nous étions tous impatients de connaitre le dénouement de ce conflit entre deux protagonistes qui, hier encore, étaient de grands amis…

Vers vingt-trois heures, la porte s'ouvrit avec une violence inhabituelle… Le gros rougeaud entra la tête haute, hirsute, le regard fixe, tremblant de colère... Il avait tous les symptômes d'une ébriété avérée ! Tous les regards se tournèrent vers lui. Les conversations cessèrent. La country music se tut. Un silence surprenant régna. « Il » se dirigea en zigzagant, d'un pas décidé mais mal assuré d'homme aviné vers notre table et s'adressant à Albert, debout en face de lui, menaçant, droit dans les yeux :

- Je viens chercher mes dix mille euros !

- Tu rigoles ! Tu ne les auras jamais ! Tu peux les passer au rayon des pertes et fracas !

- Dans ce cas, ton compte sera vite être réglé !

« Il » sortit un pistolet de sa poche révolver et le braqua en direction d'Albert… Il y eut un murmure unanime. L'émotion monta d'un cran dans le cœur de chaque individu, ici présent. Certains étaient horrifiés, pessimistes, sûrs du drame à venir. D'autres souriaient d'aise, l'air de dire bien joué ! « Chapeau pour le bluff, la mise en scène est parfaite, succulente même ! ». J'étais de ceux-là, toujours optimiste… La partie de poker menteur paraissait à son summum. Mon palpitant vibrait sous ma chemise ! On entendit tout simplement la voix d'outre-tombe du gros rougeaud tonner très fort :

- Dix mille euros, là, sur la table, maintenant… ou la mort !

Le ton était celui d'un ultimatum. Celui de la simple menace était dépassé. Il était ferme, sépulcral. Tout le monde le comprit. L'angoisse monta encore d'un cran. On entendit une voix dans le silence de la salle, dire : « Mais, ce n'est pas vrai, il va le refroidir ! »

Cinq longues secondes passèrent. Albert répondit crânement :

- Tu crois que j'ai peur ! Même devant ton flingue, je te dis que tu peux te le foutre au cul, ton pognon, espèce de lopette ! Je dirai même mieux : de connard !

Il rit d'un rire gras plein de défi en ajoutant :

- Hé ! Les gars ! Je suis sûr que son flingue n'est même pas chargé !

Et, son éclat de rire provocateur résonna dans le silence de mort de la taverne !

Ce fut sa dernière phrase, sa dernière boutade, son dernier éclat de rire… La réponse fut brève et définitive. Le flingue tonna deux fois :

- Pan ! Pan !

Albert s'écroula. Il tomba de sa chaise sur le sol. Le sang s'écoulait abondamment de ses deux plaies thoraciques, du côté du cœur et se répandait sur la moquette. Tous firent :

- Oh !

Un oh unanime de surprise et d'épouvante !

Et pour tout commentaire, j'entendis prononcer le mot de Cambronne plusieurs fois…

Le tueur remit son pistolet dans sa poche et sortit à grands pas, comme il était venu, sans que personne n'ait le cran de le retenir. La serveuse était déjà au téléphone. Elle appelait les secours. Il ne pouvait pas être mort, il n'était certainement que blessé !

Je me levai, fis trois pas, mis un genou à terre et l'examinai. Aucun souffle ne sortait de sa narine. Je collai mon oreille sur son thorax. Aucun battement cardiaque….

- Bon, les gars ! Il faut s'y faire. Il est raide et bien raide…

Le brouhaha fut total. On entendit tous azimuts :

- Merde alors !

Il fallait appeler la police, c'est-à-dire dévoiler le secret de la salle de poker qui entraînerait sa fermeture…

Nous fûmes tous les témoins de cette affaire. Pour ma part, j'ai témoigné ce que je viens de raconter, la stricte vérité, d'abord aux gendarmes puis devant le tribunal de Nice…

Cette histoire m'a travaillé les tripes… Le matin du jugement, j'avais la diarrhée… Une chiasse comme jamais ! Pas bien du tout, le Dédé… Pourtant, je n'étais que témoin… Je craignais plus que si j'étais l'accusé ! Incompréhensible !

Tout s'est bien passé. Après un procès qui dura deux jours, fit la une de « Nice Matin » pendant une semaine, « Il » en a pris pour vingt piges et c'n'était pas cher pour un meurtre crapuleux avec préméditation !

REOUVERTURE D'UN PROCES OUBLIE.

Cet épisode malheureux et son procès m'en avait foutu un coup. C'était comme un direct du droit sur ma conscience. J'en fus ébranlé… grave ! J'en demeurais groggy ! J'avais retrouvé mon transat et le bord de la piscine. J'observais les merles qui se poursuivaient en sautillant sur la pelouse. C'est fou comme c'est amoureux, un merle ! Et fidèle avec ça !

Les cigales berçaient mes rêveries. Je philosophais à l'infini et pendant des heures sur le bien et le mal… Surtout sur le bien que je n'arrivais toujours pas à rattraper ! Pourquoi passais-je ma vie à le poursuivre sans jamais pouvoir l'atteindre ? Il était là, tout près de moi, à ma portée, et il se dérobait toujours… Était-ce mon destin ? Etais-je né sous une mauvaise étoile ? Je commençais à le croire… Une vilaine sorcière aurait-elle saupoudré mon berceau de poudre de crapaud desséché et broyé ?

J'enviais Josiane et son train-train heureux : « Je me pomponne le matin ; je me prépare pour aller en courses ! Je fredonne une ritournelle à la mode. J'ai toujours le sourire… Je suis heureuse ! »

- Quel temps fait-il, Dédé, demande-t-elle ? Un peu frais peut-être ? A ton avis jupe ou pantalon ?

Voilà ses soucis ! Le bonheur tranquille quoi ! Toujours le sourire en coin et un petit rien de moquerie vis-à-vis du philosophe retranché dans ses pensées !

- Que nous mijote-il « le Dédé » ce matin ?

Elle n'attend pas ma réponse et s'en va en trottinant avec élégance, légèrement aguichante devant mes yeux blasés… Mais, bon sang ! Pourquoi ne suis-je pas comme elle à goûter le simple bonheur du quotidien ?

Je ne sortais plus le soir. De toute façon, le « bar des bons amis » avait bénéficié d'une fermeture administrative. Je n'avais même plus envie de contacter mes confrères du tapis vert… Je les avais trop vus…

Quelquefois le matin, j'allais à Théoule-sur-Mer par le chemin côtier. Je buvais un café sur une terrasse en lisant « Nice Matin. » Un jour, j'ai souri en ouvrant la page intérieure et en lisant le gros titre : « Réouverture du procès Ben Barka. » Sur le coup, je me suis marré. J'ai pensé « Au moins, ils ont ressuscité quelque chose ! » C'était le genre de procès politique qu'on remet sur le tapis pour confondre l'adversaire. « La famille » voulait remonter jusqu'aux commanditaires… Bien qu'ils soient évidents… En lisant l'article plus avant, ce que je ne faisais jamais, je m'aperçus qu'« ils » connaissaient beaucoup de choses - beaucoup plus que moi - notamment le nom des complices qui avaient trempé du début à la fin de cette affaire… ce que moi-même je ne savais pas, et que, d'ailleurs, j'avais toujours voulu ignorer…Bizarre, j'étais le seul qu'« ils » ne connaissaient pas…

Environ quinze jours après, le fourgon de la gendarmerie s'est arrêté devant ma porte. J'étais dans mon maillot de bain… de chez Dior ! Je suis allé les accueillir, un peu gêné quand-même, avant qu'il sonne :

- Bonjour, messieurs ! Que me vaut l'honneur de votre visite ? Leur dis-je en rigolant…

Au ton bourru de la réponse de l'adjudant-chef, j'ai compris que l'heure n'était plus à la galéjade :

- Voyons, c'est bien vous… André Rigal, dit « Dédé », dit-il en fouillant dans son porte-document.

- En effet !

Il extrait un papier qu'il me tendit :

- J'ai un mandat d'amener à votre encontre. Le procureur de la République du tribunal de Grasse a quelques questions à vous poser !

- Ah ! Bon ! Mais… pour quelle raison ?

- Nous ne le savons pas… Ce n'est pas précisé sur le mandat d'amener ! C'est lui qui vous en informera ! En attendant, il faut nous suivre. Allez vous rhabiller et obtempérez !

Le ton était rugueux et, selon le terme requis, j'obtempérais tandis que les agents de la force publique me surveillaient comme du lait sur le feu. En cinq minutes, je fus de nouveau présentable et ils m'embarquèrent jusqu'au tribunal de Grasse.

Le procureur était ravi de me voir. Après les présentations d'usage, nom, prénom etc. il déclara :

- Enfin, le voilà le « Dédé », celui que toutes les polices de France et de Navarre recherchent depuis dix ans ! C'est grâce au crime du bar dit « des bons amis » que je vous ai retrouvé !

Je restai le cul bien calé sur ma chaise, imperturbable, étonné, le sourcil interrogatif, avec l'air de lui dire : je ne comprends rien à cette histoire….

- Expliquez-vous, monsieur le Procureur, je ne comprends vraiment pas pourquoi !

- Vous ne voyez pas ? Vous êtes sûr ?

- Sûr et certain !

- On vous surnomme bien « Dédé » ?

J'approuvai d'un hochement de tête et confirmai :

- Depuis ma plus tendre enfance, on m'appelle Dédé !

- Oui ! Voyez-vous, dans l'enlèvement de Ben Barka, il y avait un « Dédé » - le chauffeur de la voiture - et tout me laisse penser que c'est vous !

- Jamais de la vie ! Où êtes-vous allé chercher ça ? Je sais à peine qui était Ben Barka !

- Vous ne savez pas qui était Ben Barka ? A d'autres !

- A peine. J'ai lu le titre de « Nice Matin… » Je ne m'intéresse pas à la politique !

- Ecoutez ! Vous voyez cet épais dossier… Il vous concerne ! J'y ai lu des antécédents intéressants… Vous avez été condamné à huit ans de prison ! Pour quelle raison déjà ?

- Fraude fiscale. Je suis sorti au bout de quatre ans pour bonne conduite…. Quand on a que le certificat d'étude, une entreprise de six camions qui tournent à fond, il n'est pas facile de se dépatouiller de toute cette paperasserie qui vous ronge le sang… J'ai été dépassé par l'ampleur de la tâche ! Mon avocat a dit que j'étais atteint d'une phobie administrative…

- Quand-même huit ans de prison ! Je lis aussi que vous étiez proxénète… Bon… vous n'avez jamais été condamné pour proxénétisme… J'en conviens… Mais, ça fait moche dans votre dossier !

- Qu'est-ce que tout cela a à voir avec un… Ben… Comment dites-vous ?

- Ben Barka !

Un épais silence flotta dans le cabinet du procureur. Il cherchait dans le fatras de paperasseries accumulées dans mon dossier. Il réfléchissait sur le moyen de me confondre. J'étais en face de lui, léger comme un innocent. Je jouais une partie de poker menteur dont l'enjeu était la cabane… ou la liberté. Il reprit la parole. Son ton se voulait convainquant :

- Tout me laisse à penser que c'est vous le « Dédé », le chauffeur de la voiture qui a enlevé Ben Barka ! Avouez, et qu'on en finisse ! J'ai besoin de votre témoignage.

- Tout ça… parce qu'on m'appelle Dédé ! Mais il y en a des milliers de « Dédé. » Je suppose que la moitié des Andrés sur la planète se font appeler Dédé. Peut-être que

Démosthène était déjà surnommé Dédé ! Je vous le jure, monsieur le procureur, je n'ai rien avoir avec votre histoire de Ben Machin…

Le procureur referma le dossier. Il soupira visiblement très déçu….

- Bon ! Ramenez Monsieur André Rigal chez lui, dit-il aux gendarmes qui attendaient dans l'antichambre.

Je sortis, soulagé, mais méfiant. Je savais que l'enquête continuerait. J'avais seulement esquivé la première attaque.

En effet, les gendarmes vinrent me rechercher encore deux fois pour cette affaire. Je subis toujours à peu près le même interrogatoire et ressortais toujours libre. « Ils » voulaient m'entendre en tant que témoin et seulement en tant que témoin. J'en doutais, bien sûr ! J'avais juré de rester muet comme une tombe et cela à perpète ! Comme toujours, je sus rester fidèle à mes engagements…

Puis on me laissa tranquille avec cette vieille histoire…

Mais je restais songeur, sur le qui-vive, le remord à fleur de peau. Ma femme, Josiane, dont l'œil en coin surveillait mes faits et gestes, s'en aperçut et me dit :

- Toi, Dédé, tu n'as pas tout-à-fait la conscience tranquille… Tu aurais trempé dans cette trouble affaire que ce ne serait pas étonnant ? Allez ! Avoue-le-moi ! Avec ta femme ! Tu pourrais avoir confiance !

Or, quand je reliais les livres « de valeur » lors de mon stage « à la santé », j'avais lu avec intérêt et par hasard quelques fables de Jean de la Fontaine. L'une m'avait particulièrement intéressé : « Les femmes et le secret ! » Le fabuliste les connaissait bien ! Je crois qu'il commençait ainsi :

« Rien ne pèse tant qu'un secret :

« Le porter loin est difficile aux dames ; »

J'exécrais les menteurs. Le mensonge était pour moi la pire abomination, exception faite – ça va de soi – de ceux qu'on est obligé de faire à la police, à la justice et… au fisc ! Dans le cas particulier qui concernait Josiane, je lui mentis quand-même pour les raisons invoquées plus haut par le fabuliste.

- Je n'ai rien à voir avec ce Ben Machin !

Je ne me suis jamais senti aussi fourbe vis-à-vis de mon épouse que ce jour-là !

Nous étions déjà passés à l'heure de la « déformatique ». Nous avions chacun un « smartphone » et ma femme se servait d'un ordinateur portable pour un tas de raisons et notamment comme d'un dictionnaire et d'une encyclopédie. Elle fouilla dans Wikipédia l'affaire Ben Barka et m'en fit un rapport exhaustif !

Je restai de marbre, lui affirmant :

- Si j'avais été un des acteurs de cette affaire, j'en serais presque fier !

J'aurais dû rougir de honte… Mentir à son épouse ! Quelle infamie !

LA SURPRISE

Je galopais hardiment sur le chemin de l'andropause. Hardiment, mais pas joyeusement…

Pourquoi ? Je n'arrivais pas vraiment à mettre le doigt sur la cause de ce mal-être qui me rongeait, malgré mes nombreux examens de conscience… Le remord ? Peut-être un peu… Mon âme était une sorte de tissu grisâtre que tous mes efforts n'arrivaient pas à blanchir… Je la remettais sans cesse dans la machine à laver avec des doses croissantes d'eau de javel, elle ressortait toujours aussi grise ! J'avais quelquefois l'impression d'être un damné de la terre qui traînait ses boulets de bagnard… qui représentaient l'image de ce passé trouble et indélébile…

C'est en galopant vers cette andropause que j'atteignis allègrement mes soixante-dix ans… Josiane avait voulu que je marque le coup. On avait invité tous les amis du coin, ceux à qui je rendais service, les enfants et petits-enfants de Josiane, mes frères et sœurs et leurs conjoints - enfin ceux qui avaient pu venir - sans oublier, Steve, sorti de prison déjà depuis plusieurs années... Marcel, toujours sous sa fausse identité, n'était pas venu, bien sûr. C'est lui qui m'a le plus manqué....

Ce fut une belle fête, barbecue et tonneau de rosé. Elle sonna comme une réhabilitation ! J'étais aimé et apprécié pour mes qualités de cœur, ma générosité légendaire... Tous mes voisins, mes voisines, les veuves et les orphelins racontèrent une anecdote dont j'étais le héros. J'avais assumé le démarrage d'une vieille bagnole dont la batterie était à plat avec mes cosses branchées à ma luxueuse Mercédès... J'avais changé le joint d'un robinet qui fuyait ou remédié à une chasse d'eau défectueuse... J'avais déménagé un buffet ou une armoire, j'avais coupé un arbre mort avec ma tronçonneuse... Bref, j'étais le bon Samaritain... Je dirais même mieux, le dépanneur du quartier, le gars qu'on venait chercher pour solutionner immédiatement le problème empoisonnant la vie d'un quidam !

Cette fête et ses louanges me redonnèrent confiance en moi... J'étais complètement requinqué, enfin blanchi aux yeux de tous quand soudain, quelques jours après cette fête, le fourgon de la gendarmerie s'arrêta de nouveau devant ma porte... J'étais en train de tailler ma haie quand je le vis apparaître au coin de la route...

- Tiens, une visite, me dis-je à voix haute.

Je posai mon taille-haie, enlevai mes gants de jardin et descendais les accueillir.

- C'est gentil de passer me voir, leur dis-je avec le sourire.

Devant leur mutisme embarrassé, j'ajoutai :

- De vieux habitués de la maison qui viennent prendre un café !

Le plus vieux des deux s'éclaircit la voix, visiblement gêné.

- Il faudra nous suivre… Le juge d'instruction de Grasse veut vous voir !

Je gardai mon sang-froid, persuadé qu'il s'agissait une nouvelle fois de « l'affaire. »

- Bon, je vais me changer. Montez ! Ma femme va vous faire un café…

Ils grognèrent et montèrent s'installer au bar qui séparait la cuisine de la salle de séjour. Josiane leur servit le café avec sa grâce habituelle qui s'exerçait d'autant mieux devant des hommes en uniforme.

Elle leur dit à mi-voix :

- Qu'est-ce qu'il a encore fait « le Dédé » ?

- Nous ne le savons pas, mais ça a l'air sérieux !

- Oh ! Avec lui, je m'attends à tout !

Ils m'embarquèrent une fois de plus. J'avais plutôt l'humeur joyeuse ce matin-là. Les visages renfrognés de mes sbires m'étaient incompréhensibles. L'air était doux pour un vendredi treize novembre et le soleil brillait dans le ciel bleu quand ils prirent la route de Grasse… J'essayai ma gouaille afin de mettre un terme à leur morosité :

- C'est sympa de venir me chercher pour une balade dans l'arrière-pays… Et puis… Je préfère être transporté dans un panier à salade vers le tribunal que dans un véhicule sanitaire léger vers un hôpital… où on ne sait jamais si on n'en ressortira pas les pieds devant… Au demeurant, la pire des balades, c'est la dernière… en corbillard ! Il ne faut pas se voiler la face, elle arrivera bien un jour… Et là, on ne rigolera plus !

Cet humour macabre dut leur plaire… Ils se marrèrent…

- Ah ! Toi Dédé, des prévenus comme toi, aussi cool, aussi sympas, on n'en fait plus ! Les autres, en général, font la gueule !

Mes compagnons de voyage, je veux dire les gendarmes, me présentèrent à un jeune juge en bois brut. J'ai tout de suite compris que j'allais passer un sale quart d'heure. Contact rugueux, d'une insolence et d'une impolitesse omniprésente… Le mec, bien de sa personne sur le plan physique – costard, chemise blanche et cravate - mais avec la sécheresse de cœur d'un bourreau… J'arrivais avec la conscience légère de l'innocent… J'eus tout de suite la prémonition que je ressortirai avec le fardeau d'une lourde culpabilité… méritant cinq ou dix ans de cabane…

Il aborda ainsi le sujet (après les présentations d'usage) avec l'arrogance du roquet qui défend son bout de viande :

- Vous savez certainement pourquoi vous êtes convoqué devant la justice de votre pays !

- Aucune idée, Monsieur le juge ! Mais… vous allez certainement m'en informer !

- Voyons… C'est bien vous le propriétaire d'un hôtel situé rue Saint-Denis à Paris…

- En effet, quartier des Halles !

- L'ennuyeux, Monsieur Rigal, c'est que la police criminelle a trouvé, après bien des recherches pour deux disparitions, deux cadavres enterrés dans le sous-sol de votre hôtel.

- Comment ça ? Il doit avoir une erreur ! Il n'y a pas de sous-sol !

- Disons, dans la cave !

- Comment est-ce possible ?

- Oui, c'est l'exacte vérité… Et… Ne faites pas l'étonné, vous le savez très bien !

- Comment ? Mais… je l'ignorais totalement ! Je n'ai rien à voir avec ces crimes ! Mon hôtel est loué en bail commercial à un tenancier qui me paie un loyer chaque mois et qui est entièrement responsable de ce qui se passe dans son établissement. Je ne possède que les murs. Moi, je vis retiré sur la Côte… J'ignore tout de ce qui peut bien se tramer en ces lieux…

- Vous n'êtes quand-même pas sans savoir que cet hôtel est avant tout un hôtel de passe…

- Il l'est devenu au fil des ans avec ma complète réprobation…

- A la vue de votre dossier, permettez-moi d'en douter ! Vous avez été longtemps un proxénète notoire. J'ai là des rapports de la « mondaine » qui sont exhaustifs !

- C'est du passé ! Monsieur le juge, je vous en prie… Reprenons les choses depuis le début… Je suis devenu propriétaire de cet immeuble par un legs de madame Hortense Ruissiégous qui était, en effet, une prostituée. C'est elle qui a choisi le gérant et qui a signé le bail commercial avec lui. J'ai hérité de cette affaire sans jamais intervenir dans les décisions… Je me suis contenté d'encaisser les loyers sans jamais me permettre d'intervenir – je le répète - dans la gérance de l'affaire commerciale.

- Votre loyer s'élevait quand-même à… Dix mille euros mensuels… C'est pas mal !

- C'est un immeuble de six étages qui comporte trente-cinq chambres…

- Dont les revenus ne sont pas déclarés au fisc… pour la plupart… et qui proviennent pour l'essentiel de la prostitution !

- Je n'ai rien à voir avec tout ça ! En ce qui me concerne, mon loyer est déclaré aux impôts !

- Monsieur André Rigal… revenons aux cadavres…. Voulez-vous collaborer vraiment avec la justice ?

- Je ne demande que ça !

- Eh ! Bien ! Dites-moi ce que vous savez à propos de ces deux crimes ! Qui les a commis ? Qui les a commandités ? Connaissiez-vous ces deux malheureuses ? Je vous en prie, dites-moi tout ce que vous savez sur ces deux crimes !

- C'est d'autant plus facile que je ne savais pas, que j'ignorais complètement l'existence de ces deux cadavres… C'est vous qui venez de me l'apprendre. J'en suis le premier étonné et fâché ! Croyez bien que je le déplore… et que j'espère que les meurtriers seront identifiés et châtiés comme il se doit…

- Ainsi, vous ne voulez pas aider la police et la justice à confondre les coupables ?

- Mais, si… Je le voudrais bien ! Comme je vous l'ai dit, j'ignorais que deux cadavres étaient enterrés dans cette cave !

- Bien ! Je ne vais pas perdre mon temps avec vous, Monsieur André Rigal, puisque c'est ça… puisque vous vous pliez une fois de plus à la loi du silence du « milieu. » Je vous inculpe pour proxénétisme hôtelier ; et je vous mets dès lors en état d'arrestation… Ce qui devrait vous rendre un peu plus bavard…

Il appela les sbires qui attendaient dans l'antichambre :

- Monsieur André Rigal est inculpé ! Il sera transféré à la prison de Grasse, dans la soirée, dès que nous en aurons promulgué l'ordre.

Cette phrase suffit pour que le gendarme me passe les menottes aux poignets. Il me prit par le coude et m'emmena avec lui dans l'antichambre.

- Assieds-toi là, Dédé ; ce ne sera plus long !

Je n'en revenais pas. Ainsi, à plus de soixante-dix ans, « ils » allaient me remettre à l'ombre ! Pour proxénétisme hôtelier ! Il était temps « qu'ils » s'en aperçoivent ! Je l'étais depuis plus de trente ans… C'était ces deux cadavres - dont j'ignorais tout - qui me faisaient replonger ! « Leur brouet » était bien amer pour l'honnête septuagénaire que je croyais être. Il me restait coincé dans le fond de la gorge. Le pauvre gendarme éprouvait de la peine pour moi… Il me regardait du coin de l'œil en ayant l'air de me dire : « Alors, Dédé ! Tu rigoles moins que ce matin. »

J'étais assis dans l'antichambre, complètement sonné par cette inculpation à laquelle je ne m'attendais pas ! Soudain, un éclair lumineux jaillit du fond de ma conscience. Je revis le gros cadenas posé sur la porte de la cave ! Je compris tout ! Voilà ce que le tenancier cachait. Quel affreux proxénète ! J'avais envie de lui casser la gueule !

Là-dessus, mon avocat arriva. C'était un jeune, vif et enthousiaste. Josiane l'avait appelé à mon secours. Il me toucha amicalement la main en me clignant de l'œil. Je l'informai du désastre :

- Je vais arranger ça, affirma-t-il avec un sourire encourageant !

Le juge le reçut instantanément. Au bout de vingt minutes, il ressortit et me murmura à l'oreille :

- Le juge veut bien vous remettre en liberté sous caution en attendant le jugement. Il faudra pointer à la gendarmerie deux fois par semaine…

Je sautai sur l'occasion. Ainsi, ce soir, je pourrais dormir dans mon lit aux côtés de ma femme… Je n'en espérai pas tant !

- D'accord pour la caution !

- C'est là que le bât blesse… Quatre-vingt-dix mille euros !

- C'est bon… Téléphonez à Josiane qu'elle apporte mon carnet de chèque !

Une demi-heure après, ma femme se pointait avec le carnet salvateur. Je signai le chèque de ma liberté conditionnelle. C'est ainsi que j'échappai provisoirement à mes geôliers…

LA PRISON DE GRASSE.

J'étais sous le choc : plus d'appétit, plus envie de rien. Je tournais dans la maison en robe de chambre, dans mes savates antédiluviennes, et dans les pieds de Josiane, jusque onze heures du matin à tel point que pour me consoler, elle me dit :

- Oh ! Un petit séjour en prison, c'est inscrit dans tes gènes ! Ce n'est rien ! Et, ça va te remettre les idées en place !

Paradoxalement, cette sévérité de ma femme me requinqua… Je m'habituais peu à peu à l'idée d'un nouveau séjour au trou… Le matin, j'allais m'assoir sur un banc que j'avais aménagé dans le haut du terrain. C'est un endroit bucolique entre des roches rouges qui affleurent le sol et des touffes de lauriers roses dispersées parmi les oliviers. J'y songeais pendant des heures en regardant la mer, en observant le ciel, en écoutant la musique des oiseaux qui me solfiaient des airs joyeux…

Puis, j'en ai eu marre d'attendre. J'avais hâte d'être fixé sur mon sort… Tous les jours, j'attendais le passage du facteur. Enfin, le courrier recommandé arriva. Je devais comparaître devant le tribunal.

Mon sort fut vite expédié après les vérifications d'usage, et les banales questions du président. Le jugement tomba après quelques instants de délibération : Cinq ans de prison ferme. L'hôtel serait vendu par décision de justice et le produit de la vente consigné à la caisse des dépôts.

Je fus mis aux écrous le soir même… J'eus à peine le temps de faire un petit bécot à ma Josiane qui pleurait à chaudes larmes…

- Mon pauvre Dédé, cinq ans vont te paraître une éternité ! Mais, je suis certaine qu'ils te libéreront bien avant !

J'avais aussi la larme à l'œil. Pour me redonner du courage, je lui répondis :

- Oui, à bientôt !

J'arrivai à la prison de Grasse par le moyen de locomotion que je prisais le plus : le panier à salade avec chauffeur et sbires pour vous tenir compagnie…

Cette geôle est bien située sur un plateau montagneux au-dessus de la ville à quelques cinq cents mètres d'altitude. L'air y est bon, pur et frais l'été ! Sur le coup, j'ai eu l'impression d'arriver dans un club de loisir : magnifique vue sur la mer dans le soleil couchant et ses belles couleurs orangées… Le comité d'accueil m'a délesté de ma ceinture et de mes lacets au cas où j'aurais eu de mauvaises idées. On m'a jeté dans un trou à rats qui m'a rappelé un peu celui de ma jeunesse, près de la Place Clichy. J'ai été déçu car je pensais bénéficier d'une cellule ensoleillée avec vue sur la mer… En revanche, mes compagnons de bagne étaient ravis d'accueillir un type sympa pour faire la causette… On a fêté ça avec un reste de rosé, bien meilleur que tous les autres parce qu'il était de contrebande !

C'étaient des types jeunes. Le plus vieux avait trente-six ans. Mes compagnons purgeaient des peines courtes d'une durée maximum de six mois. D'après eux, selon leurs propres jugements et à l'unanimité, ils déclaraient qu'on n'avait presque rien à leur reprocher pour justifier une telle sévérité… comme par exemple, consommateur plutôt que dealer de drogue, vols divers dans les supermarchés ou cambriolage de baraques. « Ils » avaient même réussi à entôler un gars honnête, un pauvre routier qui, après avoir gaspillé ses points de permis, était là parce qu'il avait voulu continuer de gagner sa vie en conduisant son « quarante-tonnes » sans permis… Je compatissais d'autant plus qu'avec lui j'eus tout le loisir de lui raconter toute ma carrière de chauffeur-routier… et plus !

Autant dire que j'étais avec une équipe d'enfants de chœur qui attendaient que leurs séjours derrière les barreaux se passent sans accros. Pour eux, j'étais un grand mafioso et ça leur en bouchait un coin… Aussi, ai-je tout de suite pris les choses en main ! Mon ancienneté, mon expérience « à la Santé » n'étaient pas oubliés. J'ai rapidement repéré les matons qu'on pouvait soudoyer… et mon équipe bénéficia de mes libéralités : cigarettes, Johnny Walker ou rosé avec modération car les prix avaient fait deux fois la culbute depuis le Carrefour du coin ! Mes compagnons me demandaient un portable dont ils étaient privés. Cet engin était pour eux le summum du progrès, de la modernité et du bonheur… J'ai longtemps résisté arguant que je ne voyais pas quelle utilisation je pourrais en faire ! Téléphoner à Josiane n'avait aucun intérêt vu que je savais d'avance ce qu'elle allait me dire : « As-tu bien pris tes médicaments ? » ou « Surtout pas de bêtises ! Si tu veux une libération anticipée… » Ou « n'oublie pas de te laver les dents après chaque repas ! » De toutes les façons, elle me rendait visite au parloir chaque semaine. Après réflexion, puisque c'était le summum de la modernité en tôle et surtout pour leur faire plaisir, nous nous en sommes procuré un !

Comme toujours, je jouais mon rôle de boute-en-train et de mariole pour distraire et épater la galerie ! Ma réalité intérieure était autre. D'abord la première nuit, je n'ai pas fermé l'œil, ce qui peut se comprendre... Bien sûr, la couchette était un peu étroite et dure pour mon vieux dos de camionneur ! Ce n'était pas vraiment cette dureté qui m'empêchait de roupiller. Non, à vrai dire, j'étais sous le choc du couperet. Prendre cinq ans de cabane à soixante-douze ans ! Je l'avais sévère ! Et puis j'ai calculé : soixante-douze plus cinq égalent soixante-dix-sept ! Avec un état de santé plus que moyen ! J'allais mourir sans revoir le jour ! J'allais crever dans ce trou à rats comme une bête, sans que Josiane me tienne la main pour m'aider à rendre l'âme en douceur ! Alors là ! J'ai flippé grave ! Pour la première fois de ma vie, « le Dédé » qui n'avait peur de rien même pas « des fourches caudines » de la justice, a paniqué… J'allais crever en cabane, dans un piège à rats ! J'avais l'impression de voir la grande faucheuse qui me guettait dans l'obscurité. Son squelette phosphorescent m'interpellait, un rictus au coin des mandibules :

- Hé… hé ! Je t'ai sous la main…

Et son fantôme disparaissait dans la nuit de la cellule…

J'ai cherché le moyen d'échapper à ce sort peu enviable… J'ai rêvé d'une belle évasion rocambolesque. Pas tellement en hélicoptère parce que trop classique et hors de prix, non, j'ai imaginé que je trompais la vigilance de mes geôliers lors d'une hospitalisation obtenue facilement puisque j'étais un valétudinaire notable. Je me tirais, habillé d'une blouse blanche et d'un stéthoscope, le front haut comme un toubib, et m'enfuyais en piquant une ambulance qui ronflait devant l'entrée de l'hôpital, les clés sur le tableau de bord. Je fonçais vers la mer, le gyrophare allumé, doublant en triple file… Arrivé au port de plaisance de Cannes, j'avisais un bateau à moteur qui d'étape en étape, me transportait à Naples… La mafia napolitaine me prenait en main et me convoyait en Tunisie. De là-bas, je partais en avion pour Rio de Janeiro ou Santiago du Chili !

Le matin, je me disais que j'avais rêvé, que je n'avais plus assez de relations, ni assez de moyen pour recommencer à zéro, à soixante-douze ans, en Amérique Latine ! C'était un beau rêve d'entôlé !

J'ai entrevu rapidement une autre solution… Elle me fut donnée le lendemain de mon incarcération par hasard… Le directeur de la prison me convoqua et on m'emmena dans son bureau sous bonne escorte. Il me fit assoir aimablement devant lui.

Tout de suite, il insista sur mon dossier médical :

- Voyons, soixante-douze ans, du diabète, de la tension, du cholestérol… Vous prenez six pilules matin et soir. On vous les donnera deux fois par jour à l'infirmerie… Comment vous sentez-vous ?

J'ai tout de suite compris ce qui le chagrinait ! Il craignait que je passe l'arme à gauche pendant mon séjour dans son établissement ! J'ai joué le jeu de celui qui va mourir bientôt. Mes épaules sont tombées… Je me suis rétréci, la tête en avant… J'ai fait l'abruti qui n'a rien compris :

- Hein ?

Devant ce « nouveau Dédé, » ralenti et malentendant, il a répété sa question au ralenti, très agacé, en criant. J'ai répondu :

- Très mal, monsieur le Directeur !

En y mettant le ton de l'agonisant qui sortira prochainement, libéré… Mais les pieds devant, dans un corbillard !

Il a dit au maton qui m'accompagnait :

- Bon ! Il faudra bien surveiller Monsieur Rigal ! Passez la consigne à vos camarades !

Et, plus bas, en murmurant, de façon que je n'entende pas :

- Qu'on n'ait pas d'histoires ! Je déteste avoir un décès dans l'enceinte de l'établissement pénitentiaire dont je suis le responsable !

Dès lors, j'ai joué au grand vieillard ; celui qui ne comprenait rien à rien, toujours en retard d'un train… Le mercredi suivant, on m'a convoyé à l'infirmerie pour la grande visite avec le Docteur qui passait une fois par semaine dans l'établissement. Il m'a bien examiné tout nu, en calbar. C'n'est pas bien chauffé leur infirmerie. Pour la première fois de ma vie, j'ai frissonné… J'ai eu la chair de poule… (Marrant pour un proxénète ?) Auscultation complète, palpation des organes surtout du foie :

- Avant, votre profession, c'était quoi ?

- Déménageur-camionneur !

Alors il a re-re-palpé mon foie ! J'ai pensé : « Dans son cerveau atrophié de toubib, déménageur-camionneur, ça veut dire alcoolique ! » C'est alors qu'il a pensé tout haut :

- Foie hypertrophié ! C'est mieux qu'atrophié qui aurait signé une cirrhose gravissime !

Il m'a même tâté mes petites roubignoles d'andropause… Ce con !

- Pas de hernie, a-t-il conclu !

Vaut mieux pour un déménageur ! Mon examen fut cent pour cent réussi. Pour une fois, j'ai eu vingt sur vingt. Mention très mal ! Bon pour la casse ! J'ai compris que le médecin s'associait aux craintes du directeur : Il était certain que « je pouvais à tout moment passer l'arme à gauche ! »

Sûr que ça « fait tâche » dans les « states » de la pénitentiaire une mort de plus en prison… Avec une presse toujours à l'affut du moindre scandale ! Un pauvre vieillard comme moi ! On me surveilla comme de l'huile sur le feu… Je jouais le jeu à fond ! Certains jours, je restais couché…

- Allez debout Dédé, me stimulait le maton de service…

- Laissez-moi crever tranquille, leur répondais-je d'une voix trainante d'outre-tombe…

Moi, qui, de toute ma vie avais honni les tire-au-cul, les gars qui, pour le moindre petit bobo, se font porter pâle ; chez les routiers, on n'aime pas ce genre de zigue ! On y va ! On aime son boulot ! Eh ! bien, à mon grand étonnement, je suis passé derechef tire-au-cul en chef ! Au moins trois barrettes sur mes épaulettes ! En plus, je le théâtralisais tellement bien, qu'on me croyait, qu'on me plaignait… J'entendais des « pauvres Dédé » par ci, des « pauvres Dédé » par là… J'étais le mourant officiel de la prison !

J'allais à l'infirmerie matin et soir prendre mes « bonbons ». Le maton qu'on avait nommé infirmier parce qu'il avait le diplôme de secouriste de la croix rouge, me prenait maintenant la tension, le pouls et me posait la sempiternelle question :

- Comment ça va, Dédé ?

A laquelle je répondais :

- Oh ! Pauvre ! Je sens que c'est bientôt la fin !

Ou alors :

- Pas la peine de t'casser la tête… Tout ça ne sert à rien ! Je suis cuit ! Bientôt le sapin !

Quelquefois, mais sans rire, avec le ton navré qui convient, j'ajoutais :

- C'est con ! J'aurais bien aimé finir mon contrat de cinq ans !

Quand je racontais à mes collègues, mes visites à l'infirmerie en en rajoutant avec ma légendaire gouaille des Halles que je n'avais pas oubliée, ils se marraient pendant une demi-heure !

- Bravo Dédé ! Tu vas les enfumer !

Ce fut exact ! Au printemps suivant, le trente-mars exactement, je fus accompagné dans le bureau du directeur qui, dans un premier temps et fort poliment, me remercia de ma bonne conduite, puis m'annonça avec un grand sourire ma libération anticipée pour raisons médicales et humanitaires. Il avait l'air du gars qui est soulagé d'un grand poids ! J'ai joué le jeu jusqu'au bout… Je lui ai dit d'un air navré :

- Vous ne voulez pas me garder ? Vous me licenciez… Vous me réformez ? Je ne suis plus bon à rien, même pas d'être un gentil tôlard ? J'étais pourtant bien ici… j'y étais bien soigné… Peut-être mieux qu'à l'hôpital ! On me prenait la tension chaque jour… Et puis, cet endroit est idéal pour mourir !

Il n'a pas souri… A croire que ce genre de maton en chef manquait d'humour !

Le lendemain, « ils » m'ont rendu ma ceinture et mes lacets. J'ai tenté de leur en faire cadeau. « Un souvenir du Dédé » leur ai-je dit. Leur honnêteté leur interdisait d'accepter de tels présents. Alors, je les ai mis en place sans faire d'histoires…

Je suis sorti ! C'était un délicieux matin de printemps avec un soleil si éblouissant qu'il me faisait mal aux yeux. J'étais comme une taupe qui sort de son trou. Je n'avais pas vu dans un premier temps, Josiane qui m'attendait sur le parking, dans notre rutilante Mercédès cinq cents S.L, coupé-sport… Après avoir cligné des yeux et l'avoir repérée, je me suis précipité vers elle. Elle m'a serré dans ses bras et j'ai eu droit au plus beau baiser d'amoureuse de ma vie !

LE BON CHEMIN.

Depuis cette mémorable sortie de prison, quatre ans se sont écoulés pendant lesquels j'ai beaucoup philosophé sur mon banc de pierre, tout en haut de mon terrain parmi les oliviers et les lauriers roses, en dressant l'oreille pour mieux ouïr le chant des oiseaux parmi celui des cigales. J'y ai trouvé la sérénité du vieillard qui sent ses forces décliner et la mort se rapprocher chaque jour un peu plus. J'ai souvent pensé du haut de ce point de vue qui domine la mer et la baie de Théoule, avec ce ciel bleu au-dessus de ma tête que la grâce divine m'avait enfin touché et avait atteint les abysses les plus profondes de mon âme torturée… J'ai enfin compris l'épisode de l'évangile où le Christ avant sa condamnation à la crucifixion, se retire sur le Mont des Oliviers…

Aussi, je voudrais dire à tous les jeunes gars qui liront le « roman de ma vie » de ne pas m'imiter. Je suis un contre-exemple… le gars qui, un mauvais jour, a pris le mauvais chemin… Il n'existe qu'un chemin dans la vie : le bon ! Celui de l'amour, du travail, de l'honnêteté… par conséquent du bonheur !

Au début de cette histoire, en sortant de chez les paras, j'étais un cœur pur et honnête. Je me sentais fort. J'aurais pu braver la terre entière ! Je ne sais pourquoi, je me suis laissé attendrir par cette prostituée, Hortense. J'ai voulu la protéger du proxénétisme organisé par la mafia des Halles… Elle a réussi à séduire le jeune homme un peu fruste que j'étais par ses charmes, peut-être, mais surtout par son argent et cette fameuse traction quinze qui représentait pour moi le summum de la richesse et du bonheur. Dès lors, j'ai été piégé et je n'ai pas su trouver l'âme sœur, c'est-à-dire l'amour…

Toute ma vie, je me suis efforcé de quitter mon chemin de malheur pour retrouver le bon. C'était comme si j'étais sur des rails. Aucun aiguillage ne me permettait de changer de direction définitivement. Lorsque je me suis cru sauvé, tranquille, retiré, honoré par mon entourage, comme lors de l'anniversaire de mes soixante-dix ans, mon passé, mes anciennes affaires comme cet hôtel où deux cadavres étaient enterrés dans la cave, à mon insu, m'ont rattrapé et me faisaient replonger… grave !

Je vous en prie : Ne prenez pas exemple sur moi ! J'ai tourné en dérision le récit de ma vie pour amuser la galerie ! Comme toujours faire le mariole, faire le clown est ma méthode pour étonner dans le poulailler et les gradins ! En rire pour ne pas en pleurer ! Je joue le matador ; en fait, c'est moi la bête, le taureau ! Après mes mugissements dans l'arène sous les applaudissements du public, on me met à terre ; on a ma peau !

Je ne suis pas fier de moi : Ancien tôlard, repris de justice, proxénète et fraudeur fiscal. Tout ça réuni, ça fait beaucoup ! Je l'ai bien mérité mon chemin de croix !

Grâce à mon aide désintéressée de la veuve, de l'orphelin, de mes voisins et de quiconque la demande, j'espère qu'avant de mourir, j'atteindrais le but que je me suis fixé : Me remettre de façon définitive sur le bon chemin ! Ainsi les anges du paradis pourront m'accueillir et me présenter à Saint Pierre qui me dira :

- Enfin Dédé ! Ton chemin de croix est terminé… Nous l'avons voulu paver d'embûches… Tu as bien mérité ta rédemption et ton pardon ! Tu es un peu comme « Notre Patron » qui, on ne le rappellera jamais assez, a été victime de la pire erreur judiciaire de tous les temps, et, a été injustement condamné et crucifié !

Et Saint Pierre m'ouvrira les portes du paradis !

L'APOTHEOSE DU BRAVE

Là, s'arrête le récit de Dédé. Il était dans sa soixante-dix-septième année. Chaque soir pendant plus d'un an, il m'avait confié un épisode de sa vie. Je dois dire qu'on se marrait bien. Il avait l'art de tourner en dérision tous les épisodes dramatiques, de les exagérer un peu pour les rendre rocambolesques ou grotesques dans son propre langage, sa gouaille des Halles, imagée et savoureuse.

Ce soir-là, il n'est pas venu… Dans un premier temps, je ne m'en suis pas étonné. C'était un être libre. Pour en avoir été privée à deux reprises, il connaissait le prix de la liberté, et l'appréciait d'autant plus ! De rares fois, il avait été en retard à l'apéro parce que sa livraison ou son bricolage l'avaient retenu plus longtemps que prévu… Dans l'esprit de Dédé, il fallait toujours finir un boulot !

Je pensais que ce n'était qu'une pause. J'en profitais pour taper les dernières pages de ses aventures.

Le lendemain aussi, je l'attendis. Il ne vint pas. Vers vingt heures, j'ai pensé qu'il devait être arrivé quelque chose de grave à cet homme qui n'était qu'un roc en apparence. Je décidais d'aller aux nouvelles dès le lendemain matin.

Josiane m'accueillit les bras ouverts mais, sans son sourire habituel.

- Le pauvre Dédé s'est réveillé avec la moitié du corps paralysé et l'impossibilité de parler ! J'ai appelé l'ambulance qui l'a emmené à l'hôpital de Cannes.

- Mince ! Une hémiplégie droite !

- Pensez-vous qu'il a des chances de s'en sortir ?

- Bien sûr ! Une amélioration avec régression progressive de l'aphasie et des paralysies se produit généralement dans les trois mois…

- Dans son cas, je crains le pire. Il a un diabète instable qu'il soignait par le mépris. J'ai peur que ses artères soient en très mauvais état. Et, puis je ne vois pas mon « Dédé » invalide, attendant dans un lit ou dans un fauteuil que le temps passe… Pour lui, cette épreuve serait pire encore que la mort…

Elle m'offrit un café. Un silence respectueux plana alentour. Au bout d'un moment, je crus bon de le rompre :

- Est-ce que je peux lui rendre visite ?

- Pour l'instant, il est comateux et ne répond aux stimulations que par des grognements. Dès qu'il se réveille, je vous préviens.

Quelques jours après, Josiane me téléphona. Dédé s'était réveillé de son coma, mais ne comprenait rien. Il l'avait à peine reconnue. Je décidai de lui rendre visite la semaine d'après en espérant que de nouveaux échanges chaleureux pourraient se produire…

J'arrivai à l'hôpital. Je le trouvai dans une chambre, seul, au premier étage, en service de neurologie. Il reposait, étendu sur le dos, les yeux clos et le teint cireux. Ses traits, les orbites comme les joues, s'étaient creusés. Je compris que le « Dédé », le fort des Halles toujours joyeux, à la voix posée et puissante, n'existait plus. Devant moi, gisait son fantôme. Le géant était tombé de son piédestal, terrassé par la maladie, la vieillesse et les années. Il ne s'en relèverait pas. Je pris le parti de le stimuler :

- Bonjour Dédé !

Il ouvrit ses paupières lentement comme si cela lui demandait un effort démesuré. Des yeux hagards enfoncés dans une tête osseuse, se tournèrent vers moi. Il me regarda un moment. Il cherchait à me reconnaitre… Puis il répondit un bonjour poli, comme si j'étais un inconnu. J'essayai de lui parler, d'évoquer des souvenirs communs… Il battit des cils, hocha la tête, l'air de dire : « Je ne m'en souviens pas ! »

Il rejeta son drap pour se découvrir comme s'il avait trop chaud. Son corps pitoyable apparut décharné par l'ouverture de sa veste de pyjama à rayures verticales. C'était l'image même de la mort telle qu'on peut l'imaginer ou la peindre pour illustrer des récits d'épouvante.

Je lui posai les questions rituelles. Sa voix, bien qu'affaiblit, résonna sur les murs de la chambre, grave, profonde et vibrante. On aurait dit qu'il rassemblait toutes ses forces résiduelles pour émettre des sons articulés, mais complètement en dehors du contexte…. Il était évident que le pauvre Dédé était « à la masse. » La vieillesse avait eu raison de sa forte carapace de géant. Le vaillant déménageur de piano était à terre, renversé, foudroyé par la maladie. La vie le quittait. Je gardais un espoir… Une amélioration demeurait possible. Mais son cerveau était gravement endommagé. Je restai avec lui une demi-heure, silencieux et compatissant, puis je m'en allai…

Le récit de la drôle de vie de Dédé était terminé. Je pouvais le mettre en forme et le publier.

LES OBSEQUES DE DEDE

Josiane m'apprit son décès quelques jours après. Dédé était mort dans la nuit. La vieille, on l'avait exceptionnellement autorisée à rester auprès de lui. Assise sur une chaise à ses côtés, elle lui avait tenu la main toute la nuit comme pour l'aider à passer en douceur dans l'au-delà… Assoupie, elle ne s'aperçut pas du moment exact quand notre héros rendit son âme à Dieu.

Ainsi Dédé était mort comme il l'avait espéré : dans un lit, en tenant dans sa main la main de sa femme….

J'admirais au passage le cran de cette femme qui avait eu le courage de mêler sa vie à un personnage aussi imprévisible et compliqué que Dédé. Son enterrement aurait lieu quelques jours plus tard. Je serai prévenu.

Le jour de ses obsèques, je revêtis mon costume noir un peu élimé que je n'avais pas sorti de l'armoire depuis que je n'étais plus professeur à la faculté. Ma femme m'accompagna. Il était difficile de stationner aux abords de l'église tant il y avait de monde. Je remarquais trois Mercédès de luxe stationnées à l'écart. L'église de Théoule-sur-Mer était pleine. Outre les membres de sa famille, ses frères et sœurs et la plupart de leur descendance, tout le village était là. Tout le monde connaissait et honorait Dédé.

Dédé arriva porté par six croque-morts. Le Te Deum de Mozart résonna solennellement dans l'église. Sa veuve suivait le cercueil d'un pas lent. Drapée dans sa tenue de deuil, elle redressait sa tête fière qu'une coiffure en chignon, rehaussait. Sa douleur muette soulignée par les traits tourmentés et la pâleur de son visage donnait à cet office un aspect digne et tragique. La famille la suivait, profondément recueillie, regroupée autour d'elle comme pour mieux soutenir sa peine et ses émotions. Quelques larmes, ici et là, s'échappaient des paupières qu'un mouchoir de papier épongeait discrètement. Une envie folle de pleurer s'insinua dans mon cœur quand la musique cessa.

Le curé d'un ton tranquille et consolateur reconstitua la vie du défunt en insistant sur son grand cœur… Je crois me rappeler qu'il conclut ainsi son homélie :

« Ainsi, Dédé, tu reposes pour l'éternité dans la sérénité de l'au-delà. Tes épreuves terrestres sont finies. Tu as su trouver le chemin de la rédemption qui t'ouvrira, nous en sommes certains, les chemins de la vie éternelle… au paradis. »

Une musique douce dans une odeur d'encens, termina cet office. Les croque-morts retirèrent les fleurs et les couronnes du beau cercueil en chêne massif. C'est alors que se produisit ce fait qui étonna beaucoup l'assemblée : Six gaillards, bien de leurs personnes, grands et forts, en trench-coats et chapeaux noirs, s'approchèrent doucement, s'inclinèrent devant la veuve et la famille du défunt en signe de respect en portant le doigt à leurs coiffures. Ils écartèrent les croque-morts, se saisirent sans hâte du cercueil et dans une grande solennité, hissèrent la dépouille mortelle de « Dédé » sur leurs épaules. Ils sortirent à petits pas de l'église, le visage figé dans le deuil le plus profond tandis que le Requiem de Mozart inondait de sa plainte angélique les voûtes de l'église. La famille suivit ainsi que tout le village. Sur la place de l'église, le cortège attendit quelques instants que le curé vienne prendre sa tête.

Nous marchâmes tous derrière le cercueil. Nous traversâmes le village silencieux dont la vie semblait s'être arrêtée quelques instants pour rendre un dernier hommage à l'un de ses membres. La dépouille mortelle de « Dédé » s'achemina doucement vers le cimetière du village, transporté comme un empereur vers sa dernière demeure…

EPILOGUE

Je viens de relire le roman de « la drôle de vie de Dédé ». Ce personnage m'habite et me hante. Allongé sur mon transat, je le revois pérorer avec son humour et son sourire. C'était de tels moments inoubliables ! Il soulève sa casquette, gratte un instant sa calvitie et reprend son récit d'un ton enjoué. Certains épisodes de sa narration remontent à ma mémoire spontanément. Mon esprit analytique ne peut s'empêcher d'en faire une étude critique.

Pourtant, j'ai promis d'en être que le scribe… Seulement écrire, rapporter ses propos… Mais enfin, n'y a-t-il pas quelques incohérences dans cette narration ? Sans être atteint de mythomanie, mon narrateur n'aurait-il pas exagéré certains épisodes, comme il en avait le don et l'habitude, simplement pour mettre du piment dans son histoire ? N'y aurait-il pas un zeste de « Tartarin de Tarascon » dans cette épopée pas toujours chevaleresque ?

Au contraire, n'a-t-il pas caché certains aspects de sa personnalité ou de son existence comme semblait le faire supposer la présence de ces six hommes (du milieu, je suppose) qui avaient tenu à lui rendre un dernier hommage en transportant « Dédé » sur leurs dos… comme un empereur… vers le cimetière marin de Théoule-sur-Mer ? Par ce geste de considération, le « milieu » voulait peut-être montrer son estime pour un homme qui jusqu'au bout avait été fidèle à la loi du silence… Alors, que savait-il exactement sur les deux cadavres enterrés dans la cave de son hôtel ? Son refus de « se mettre à table » ne lui avait-il pas valu une peine de cinq ans d'emprisonnement à l'âge de soixante-douze ans et l'estime d'un certain milieu ?

Ce personnage haut en couleurs dont la plus importante des chimères avait été de redevenir un honnête citoyen – vous pouvez croire le confident que j'ai été pour lui - a emporté avec lui ses zones d'ombre et certainement de grands secrets…

Mais le scribe, comme promis, doit se contenter de rapporter les faits, de les écrire sans en changer l'esprit et la substance… Il lui reste ses impressions et ses doutes comme son personnage « Dédé » garde son mystère, son ombre et sa lumière.

Malgré lui, l'écrivain pense et repense au fabuleux destin de cet homme qui aurait aimé en être un autre, avoir un sort plus conforme avec la normalité, c'est-à-dire être honnête aux yeux de la société et en accord avec la loi.

L'auteur laisse au lecteur le soin de se faire une opinion critique… Il le laisse réfléchir à la destinée, au sort de certaines personnes… Notre avenir est-il prédestiné, inscrit dans nos gènes ? La bonté naturelle de chaque individu peut-elle être déviée par de funestes rencontres ? Peut-on à une certaine phase de la vie, se tromper de chemin, prendre le mauvais virage, s'engager sur une mauvaise pente, se laisser séduire par de funestes théories ?

Peut-on échapper à son destin ?

Du même auteur sur Amazon livres :

L'ILLUSION D'UN REVE (Roman)

CONFIDENCES ET CONFESSIONS D'UNE FEMME (Roman)

MON MOIS DE MAI 68 (Roman)

« Mon mois de mai 68 » a été traduit en Anglais par Elizabeth Workman sous le titre : MY STORY OF MAY 68.

CRIME SANS CHATIMENT (Roman)

PRISONNIER (Roman)

LES ETRANGES CRIMES DU PLATEAU DE LA VIADENE (Roman)

LA DROLE DE VIE D'ANDRE RIGAL, DIT « DEDE » Mémoire d'un proxénète. (Roman)

LA VIE CACHEE DE DEDE (Roman)

L'APPRENTISSAGE DE STEVE (Roman)

L'ALLEMAND QUI AURAIT VOULU ETRE FRANÇAIS (Roman)

UNE HISTOIRE D'AMOUR ET D'AMITIE. SOUVENIRS D'ALGERIE (Roman)

COMMENT BIEN S'ALIMENTER (Précis de diététique)

COMMENT RESTER EN BONNE SANTE (Précis de médecine préventive)

Retrouvez les poèmes et chansons de l'auteur sur les plateformes musicales : YOUTUBE, AMAZON MUSIC, APPLE MUSIC, SPOTIFY, DEEZR etc.

Printed by Amazon Italia Logistica S.r.l.
Torrazza Piemonte (TO), Italy

67327212R00131